MEURTRES DANS LE BORDELAIS

Daniel GUÉNAND

MEURTRES DANS LE BORDELAIS

LA GESTE

INDEX DES PERSONNAGES

- Loïc MAUDY : commandant de la P.J. de Bordeaux.
- Romain BARTEAU : capitaine de la P.J. de Bordeaux.
- Gaëlle SIVIER : lieutenant de la P.J. de Bordeaux.
- Arnaud LOVET : lieutenant de la P.J. de Bordeaux.
- Franck LITRE : commandant de la gendarmerie de Libourne.
- Mathieu GUERIN : psychiatre consultant de la P.J. Parisienne, ami de Loïc Maudy.
- Paul DARROSE : propriétaire du château Darrose.
- Nicolas DARROSE : fils de Paul Darrose.

- Maria VILLAGEAU : veuve de Pierre Villageau contremaitre, seconde épouse de Paul Darrose.
- Julien VILLAGEAU : fils de Maria et Pierre Villageau, commandant de police à Libourne.
- François ROMELET : propriétaire du château Romelet.
- Cécile ROMELET, fille de François Romelet, épouse de Nicolas Darrose.
- Juliette ROMELET : nièce de François Romelet et cousine de Cécile.
- Mathilde RUDET : condisciple et amie de Cécile, Juliette, Nicolas et Julien.
- Xavier RUDET : frère de Mathilde et ami de Cécile, Juliette, Nicolas et Julien. Directeur d'une concession automobile à Bordeaux.
- Patricia RUDET : épouse de Xavier Rudet.
- Justin BRILLOUET : ouvrier agricole au château Darrose.

CHAPITRE I

Ce qu'on a fait est fait et ne peut se défaire.
William Shakespeare (Macbeth)

Paul Darrose, propriétaire du cru éponyme était en train de prendre son petit déjeuner dans la salle à manger de sa vaste demeure de l'Entre-deux-Mers.

Habituellement le magnifique panorama que l'on pouvait découvrir depuis les portes-fenêtres suffisait à le rendre heureux. En contrebas du parc derrière des cèdres majestueux on apercevait des vignes bien taillées qui épousaient les pentes du coteau, ces mêmes vignes que son père et son grand-père avaient cultivées avant lui.

Mais aujourd'hui, un pli soucieux barrait le front du solide sexagénaire. En face de lui,

Maria veuve de Pierre Villageau le contremaître, épouse de Paul Darrose depuis moins d'un an, gardait elle aussi le silence. Cela faisait plusieurs semaines que leur vie paisible avait basculé sans qu'elle sache pourquoi. Soudain elle avait entendu son mari s'exclamer :

— Ça alors… C'est la première bonne nouvelle depuis longtemps ! Levant les yeux de sa tasse Maria lui avait demandé de quoi il s'agissait.

— Tu te souviens de Loïc Maudy le copain de Nicolas et Julien, enfin tu sais de toute leur petite bande d'il y a dix-huit ans ?

Puis sans attendre sa réponse il avait ajouté :

— Il vient d'être nommé commandant en chef de la P.J de Bordeaux Il va prendre ses fonctions en début de semaine prochaine.

— Je me souviens très bien de lui, je l'aimais bien… Toi aussi d'ailleurs.

— Oui c'est vrai. Je le sentais à la fois sensible et solide, deux qualités qui forcent la sympathie…

— Mais en quoi cela est-il une bonne nouvelle … ? Même si je suis heureuse de te voir sourire pour la première fois depuis longtemps, je ne vois pas en quoi…

— Mais si Maria… C'est là un hasard inespéré, un soutien que je n'attendais plus…

Puis après être resté pensif quelques secondes, il avait poursuivi :

— Tu te souviens de ce que je t'ai raconté hier soir ?

— Je ne risque pas d'oublier, je n'ai pas fermé l'œil de la nuit.

— Ma pauvre Maria, je suis désolé… Si cela peut te consoler, moi aussi je n'arrive plus à dormir depuis… Enfin tu sais…

Un mois auparavant Paul Darrose était revenu de ses entrepôts de Libourne le visage défait, comme hébété. Aux questions de Maria inquiète de le voir dans cet état, il avait répondu qu'il ne pouvait rien lui dire pour l'instant. Pendant les jours qui avaient suivi Paul s'était enfermé dans la bibliothèque pour passer un nombre infini de coups de fil. Lui qui ne quittait pratiquement jamais sa propriété, il s'était rendu plusieurs fois à Bordeaux, seul, après avoir fait promettre à sa femme de n'en parler à personne.

— Même pas à mon fils, tu as compris.

Avant qu'elle ne lui pose la question, il lui avait lancé :

— À ton fils non plus Maria, ni à Julien, ni à Nicolas.

La veille à la fin du dîner il lui avait lancé :

— J'ai quelque chose à te dire Maria... Tout d'abord excuse-moi d'avoir été aussi distant ces derniers jours mais il me fallait du temps... pour prendre du recul et réfléchir.

Après s'être tu quelques secondes il avait ajouté :

— Il y a un mois, j'ai découvert quelque chose qui m'a révolté, sali et humilié.

— Mais...

— Laisse-moi finir Maria pendant que j'en ai le courage... Cécile n'est pas morte dans un accident de voiture, elle a été assassinée, j'en suis certain. Cette découverte n'a fait que confirmer mes craintes, il se passe quelque chose de grave... Tout a commencé avec la mort de Cécile.

— C'est ce que tu as découvert il y a un mois qui a éveillé tes soupçons sur les causes réelles de la mort de Cécile ?

— Oui en effet... Personne ne sait que j'ai vu quelque chose que je n'aurais jamais dû voir. Heureusement d'ailleurs car je suis convaincu que cela pourrait être dangereux pour moi.

— Tu me fais peur Paul, préviens la police...

— Cela ne servirait à rien, je n'ai aucune preuve de ce que je viens de te dire

— Écoute Paul tu dois me dire ce que tu as découvert. Je sais bien que tu ne veux pas le faire pour me protéger. Mais si l'on devine que tu connais ce secret, on sera persuadé que tu m'en as parlé.

— Cela n'est pas faux :... Je vais donc tout te dire mais il va te falloir être forte.

À la fin du récit Maria, atterrée, avait balbutié :

— On croit bien connaître ses proches, ses amis, en fait on ne sait rien... Je suis anéantie...

— Rassure-toi, il m'est venu une idée qui risque de faire suffisamment peur à certains pour que cela me laisse le temps de m'organiser... Tu me comprends ?

— Non, excuse-moi Paul mais je ne vois pas...

— Tu te souviens que Juliette et Nicolas nous ont invités à un dîner prévu dans une dizaine de jours, chez eux à Bordeaux ?

— Oui bien sûr

— Je vais demander à Nicolas d'inviter Loïc à ce repas. Je lui ferai promettre de n'en parler à personne, même pas à sa femme afin d'en faire la surprise à Julien, Xavier, Mathilde et Juliette... Je suis certain que cela va en inquiéter plus d'un !

— C'est une très bonne idée, s'était écriée Maria, rassérénée elle aussi.

— J'en profiterai pour annoncer devant les autres invités que je viens de prendre des décisions justes et irrévocables mais qu'il est trop tôt pour leur en donner la teneur.

Sans le savoir Paul Darrose venait de mettre le doigt dans l'engrenage qui allait le broyer.

*

CHAPITRE II

On ne peut rien bâtir sans passion,
on ne peut rien bâtir de durable
sur la seule passion.
Pascal Bruckner

Lorsque la direction générale avait proposé à Loïc un intérim à Bordeaux, pour plusieurs mois, il avait accepté sans hésiter. Cette destination avait provoqué en lui un mélange d'émotions contradictoires : joie de renouer avec des souvenirs de jeunesse, angoisse du temps qui passe, pincement au cœur au souvenir de sa passion dévorante pour Mathilde, une condisciple de sa dernière année de Droit.

Il avait accepté avec reconnaissance ce dépaysement professionnel car depuis plusieurs mois il ressentait le besoin de s'éloigner de la capitale. Bien sûr cela imposerait des sacrifices, le plus important étant celui d'être séparé de sa femme et de ses enfants. Le souvenir de la disparition tragique de son père, l'ex-commissaire Pierre Maudy au cours d'une enquête dramatique commençait à s'estomper. Même si de jour en jour il se sentait plus fort les blessures étaient toujours présentes et il lui arrivait encore de traverser des périodes d'angoisse.

Bien des années auparavant lorsqu'il avait intégré la PJ parisienne, toujours installée dans les mythiques locaux du quai des Orfèvres, il avait hérité du bureau de son père qui venait de partir en retraite. Il avait accepté avec joie et fierté. De cette manière il pourrait suivre les traces de cet homme qu'il avait toujours admiré à défaut de l'avoir aimé. Depuis le drame qui remontait à bientôt deux ans, ce bureau lui semblait habité par un fantôme si bien qu'il ne faisait qu'y passer.

Sans en avoir l'air ses collaborateurs, ses amis, conscients de son mal-être ne manquaient pas une occasion pour lui rappeler le déménagement imminent de la PJ dans des locaux plus adaptés à la vie du XXIe siècle. Pour eux un nouveau cadre professionnel ferait disparaître le fantôme qui hantait l'esprit de Loïc Maudy.

Pour les remercier de leur discrète sollicitude il souriait en acquiesçant. Mais lui et lui seul savait bien que ça n'était pas aussi simple. Comment leur expliquer que du plus loin qu'il se souvienne, lorsqu'il pensait à son père les considérations affectives étaient toujours absentes. Constat qui alimentait ses regrets, ses remords : peut-être que s'il avait essayé… peut-être que si… Tous ces « si » le tourmentaient tout autant que le souvenir du drame.

Maintenant à chaque fois que cette ombre obscurcissait son esprit Loïc avait pris l'habitude de se traiter d'ingrat. Comment pouvait-il se plaindre alors que sa famille, ses amis, conscients de sa détresse avaient tout mis en œuvre pour l'épauler, le consoler… Au premier rang de ceux qui l'avaient soutenu, il y avait bien sûr, Claire son épouse. Quand il pensait à elle, sans qu'il sache pourquoi, la jeune femme évoquait dans son esprit l'image d'une source limpide, scintillante, désaltérante… éternelle. Lorsqu'il le lui avait dit, elle l'avait regardé avec émotion avant de lui répondre qu'il s'agissait là du plus beau compliment qu'on ne lui ait jamais fait.

Le destin lui avait permis de rencontrer au cours d'enquêtes compliquées deux hommes remarquables qui au fil des années étaient devenus ses meilleurs amis : Franck Litré, le commandant de gendarmerie qui avait participé à l'enquête au cours de laquelle son père avait perdu la vie, et Mathieu Guérin, psychiatre de son état et accessoirement collaborateur de la PJ lorsque la personnalité des suspects nécessitait une approche, non plus basée sur des indices concrets mais sur une analyse des motivations des mis en cause. Bref, un « profiler » avait souri Franck un jour où Loïc lui parlait de son ami.

— Malheureux, lui avait-il aussitôt répondu, quand tu le rencontreras ne lui dit jamais ça, il serait furieux !

Quelques jours avant sa prise de fonction officielle, Loïc accompagné de Claire était venu à Bordeaux pour prendre possession de son appartement situé rue Judaïque à deux pas du commissariat. Il se composait d'un grand séjour dont un angle était occupé par une cuisine équipée ultra moderne, de trois chambres et d'une grande salle de bain. Du fait de sa situation au deuxième étage, les pièces restaurées avec goût étaient lumineuses et accueillantes. Le séjour bénéficiait d'une jolie vue sur une place plantée de marronniers au bout de laquelle on apercevait la façade de l'église Saint Seurin. Les chambres, situées à l'arrière donnaient quant à elles sur un vaste jardin bien entretenu.

— Ce sera parfait pour nous quatre avait souri son épouse.

Elle avait volontairement dit « nous » car elle savait que Loïc appréhendait cette nouvelle séparation, séparation qu'elle avait approuvée même si cela la rendait triste elle aussi.

Les jours qui avaient suivi, ils s'étaient promenés main dans la main au hasard des rues, des musées et des jardins publics. Claire avait acheté des coussins de couleur vive pour les chambres et le séjour.

Loïc qui avait gardé le souvenir d'une ville sombre et un peu vétuste s'émerveillait de la métamorphose de l'antique cité. La vieille dame ravagée par les ans avait fait peau neuve pour faire honneur au tram à l'allure futuriste qui glissait devant les hôtels particuliers en faisant retentir une sonnerie grêle.

Le dernier jour il avait invité Claire à déjeuner au Noailles à deux pas du Grand Théâtre. En fin de soirée, le cœur lourd, il avait accompagné son épouse à la gare Saint-Jean.

— Ne t'inquiète pas, lui avait-elle murmuré dans un dernier baiser, dans quinze jours je serai de retour avec les enfants.

*

Il n'était que 18 heures lorsqu'il était sorti de la gare. Le temps était presque chaud. Après avoir récupéré sa voiture au parking, Loïc avait pris le chemin de son appartement en longeant les quais. Arrivé au pont de Pierre, pris d'une impulsion soudaine il avait tourné à droite puis encore à droite après avoir franchi la Garonne. Il avait longé ensuite la rive du fleuve pendant un peu plus d'un kilomètre avant d'entamer la montée qui conduit à Bouliac. Il ne savait plus très bien qui lui avait dit :

— Quand vous aurez un moment, allez jusqu'à Bouliac. Depuis le jardin qui entoure l'église le panorama sur Bordeaux est époustouflant. Juste à côté il y a une célèbre table étoilée. Rassurez-vous il y a également deux ou trois autres restaurants avec des cartes tout à fait abordables.

Après avoir roulé pendant quelques minutes sur une route pentue bordée d'arbres et de taillis Loïc s'était garé sur le parking devant l'église. Effectivement la vue était magnifique. Admiratif il avait décidé de s'asseoir sur un banc pour profiter de la douceur de l'air. Au bout de quelques minutes son esprit s'était envolé très loin… dix-huit ans plus tôt.

C'était à la suite d'un concours de circonstances que Loïc était venu à Bordeaux pour effectuer sa dernière année de licence en droit. Pour la première fois depuis vingt ans ses parents, sa sœur et lui ne pouvaient pas passer le mois de juillet dans la grande maison de Sainte Marie de Ré dont son père avait hérité. L'entrepreneur qui devait effectuer la rénovation de la toiture, repoussée d'année en année, avait décidé brutalement de commencer les travaux à la fin du mois de juin.

— Comptez bien trois à quatre semaines avait-il lancé avant de raccrocher. Les artisans de l'Île ayant l'art inimitable de présenter leurs interventions comme une faveur, il n'était donc pas question de refuser.

Furieux mais malgré tout soulagé que ces satanés travaux débutent enfin Pierre Maudy s'était retourné vers son épouse :

— Tu as carte blanche ma chérie. Déniche-nous une jolie villa à louer près de la mer… Un de mes collègues m'a dit que depuis qu'il a découvert la région du Cap Ferret il ne changerait pour rien au monde de lieu de vacances, cherche dans le coin si tu es d'accord.

La maison que sa mère avait louée était une solide bâtisse, typique des constructions de la Presqu'Ile. Des bandeaux de bois ajourés décoraient l'avancée de la toiture au-dessus d'une galerie qui courait sur la façade du premier étage. De cet endroit on devinait dans le lointain le miroitement de l'océan précédé de dunes éclaboussées de soleil Au rez-de-chaussée une grande terrasse surplombait un jardin en pente auquel faisait suite une forêt de résineux dont on ne voyait pas la fin.

Le lendemain Loïc et Stéphanie avaient décidé d'aller jusqu'à la mer en traversant la forêt. Après avoir suivi un sentier bordé de genêts ils avaient découvert une baraque peinte en blanc décorée de « graffs » de couleurs vives.

À leur approche un jeune homme barbu avec un bandana dans les cheveux leur avait souri avant de se lever d'un bond.

— Bienvenue les vacanciers, avait-il lancé dans un éclat de rire.

Je dis vacanciers, avait-il ajouté car rien qu'à voir votre peau j'imagine qu'elle n'a pas dû voir le soleil depuis un bon moment !

Après avoir ri le frère et la sœur s'étaient présentés à leur tour au jeune homme qui se prénommait Gaëtan.

— Tu as raison Gaëtan, nous sommes arrivés hier soir.

— Bon, en tous les cas si vous cherchez une école de surf avec un super moniteur vous êtes ici à la bonne adresse !!! Avait-il plaisanté.

— Pourquoi pas… avait répondu Loïc. Le problème c'est que je n'ai jamais pratiqué ce sport.

— Ce n'est pas grave. Si tu veux, viens demain matin à neuf heures, j'ai un groupe de six, eux aussi sont novices…

Malgré les œillades de Gaëtan qui semblait très intéressé par Stéphanie, celle-ci avait fermement repoussé les propositions du jeune homme

— C'est sympa, mais non, j'ai vraiment trop peur de l'eau avait-elle répondu en mentant effrontément.

Loïc qui connaissait les véritables raisons de sa sœur n'avait pu s'empêcher de sourire en imaginant Stéphanie, si coquette, roulée par les vagues, les cheveux et les yeux pleins de sable, ses jolis ongles tout ébréchés.

Pierre Maudy avait approuvé son fils sans réserve.

— Cela ne peut que te faire du bien, cette année tu n'as pas fait beaucoup de sport. Pour éviter les protestations de son fils il avait ajouté aussitôt :

— Je sais, il y avait tes examens que tu as d'ailleurs brillamment réussis.

De son côté Martine Maudy avait salué la sage décision de sa fille.

— Ne t'inquiète pas Stéphanie j'ai pensé à prendre ta raquette de tennis. Depuis le balcon du premier j'ai vu qu'il y avait des courts tout près d'ici.

Le lendemain Loïc était arrivé à neuf heures précises devant l'école de surf. À son arrivée trois filles et trois garçons en grande discussion avec Gaëtan s'étaient levés.

Nicolas, un grand garçon, brun, au visage régulier s'était présenté, il avait un curieux regard qui lui donnait l'air d'être toujours dans la lune. Attirant contre lui une jeune femme aux cheveux blonds coupés courts et aux magnifiques yeux bleus il avait ajouté :

— Et Cécile ma fiancée.

Le visage un peu rond de cette dernière lui donnait un air enfantin accentué par ses taches de rousseur. Après avoir souri à Loïc elle l'avait embrassé sur les deux joues.

Ensuite un jeune homme athlétique aux cheveux bruns et bouclés s'était présenté à son tour. Même si Loïc ne s'était jamais beaucoup intéressé au physique de ses congénères, il n'avait pu s'empêcher d'être frappé par la beauté du jeune homme qui se prénommait Julien. Il tenait par la taille une très jolie fille :

— La cousine de Cécile, Juliette.

Cette dernière, la tête abandonnée dans le creux de l'épaule du jeune homme avait souri avant de relever la tête pour embrasser Loïc. Dans ce léger mouvement les boucles blondes de sa splendide chevelure avaient ruisselé sur ses épaules bronzées. Admiratif Loïc s'était murmuré : « la naissance de Vénus ». [1]

D'un geste de la main Julien avait ensuite désigné un garçon blond aux yeux clairs, ni beau ni laid mais au sourire sympathique.

— Xavier, que Nicolas et moi avons rencontré pendant nos années de lycée. À côté de lui, Mathilde, sa sœur.

À ce moment-là Loïc avait senti le sol se dérober sous ses pieds. La jeune fille aux boucles brunes et aux traits délicats qui le dévisageait en souriant lui avait fait battre le cœur et perdre ses moyens. Piteux, il avait bafouillé :

— Enchanté, Loïc de Paris… en vacances ici… enfin à côté… je veux dire…

Furieux, Loïc se serait volontiers giflé.

— Non mais quel con !

Le coup de foudre avait été réciproque. À la fin du mois de juillet, avec la bénédiction

---

1. Botticelli (1445-1510).

de ses parents, il avait accepté l'invitation de Nicolas.

— Pourquoi ne resterais-tu pas ? Mes parents ont une grande villa pas très loin de celle que tes parents ont louée… Il y a cinq chambres… mon père t'apprécie beaucoup.

Puis après avoir plongé son regard sombre à l'expression un peu vague dans les yeux de Loïc il avait ajouté :

— Reste avec nous, tous les sept on forme une sacrée bonne équipe non ?

À la fin de l'été, même si ses parents avaient semblé un peu réticents il avait réussi à faire transférer son dossier de la faculté de droit de Paris à celle de Bordeaux.

Loin de nuire à son assiduité d'étudiant sa relation avec Mathilde avait créé une saine émulation entre les sept jeunes gens qui avaient pris l'habitude de travailler ensemble pour réviser leurs cours. Aux examens de fin d'année ils avaient tous été reçus dans un très bon rang.

Puis Loïc était revenu à Paris pour intégrer l'école des officiers de police. Une fois par mois il descendait à Bordeaux pour passer un long week-end avec Mathilde.

Au fil du temps il n'avait pas tardé à remarquer le manque d'entrain de la jeune fille, ses mauvaises excuses pour annuler au dernier moment un week-end pourtant prévu depuis plusieurs semaines.

Un jour il avait reçu une longue lettre où en substance elle lui disait qu'elle était désolée mais qu'elle n'était plus très sûre de ses sentiments pour lui… qu'il valait mieux faire une pause. À la fin de sa lecture il avait compris que sa belle histoire avec Mathilde venait de s'achever.

Curieusement cela avait été moins douloureux qu'il ne l'aurait pensé. Très absorbé par les cours qu'il suivait à l'école de police, sans s'en rendre compte Loïc avait mûri. Pour être honnête, il devait admettre qu'il lui était arrivé à lui aussi de s'interroger, de douter mais il avait toujours réussi à refouler ses mauvaises pensées. Bien des années plus tard il s'était rendu compte qu'il avait toujours su au fond de lui-même que la passion n'est pas le sentiment le plus fiable pour bâtir une relation durable.

Six mois après sa rupture il était revenu à Bordeaux pour le mariage de Cécile et Nicolas. Il avait revu Mathilde et n'avait ressenti qu'un vague pincement au cœur. À cette occasion Juliette et Julien avaient annoncé qu'ils avaient décidé de se marier l'année suivante. Malheureusement Loïc avait dû revenir plus tôt que prévu, pour les obsèques de Cécile qui s'était tuée en voiture sur la voie rapide qui mène à Bordeaux. Il avait été ému par la détresse de François Romelet, le père de Cécile et par celle de Nicolas au regard plus éperdu que jamais. Un an plus tard il avait dû revenir à nouveau, cette fois-ci pour l'enterrement de François qui ne s'était jamais remis de la mort de sa fille. Juliette qui aimait beaucoup cet oncle qui l'avait recueillie et aimée comme sa propre fille était effondrée. Après l'accident de Cécile, elle s'était totalement investie pour réconforter Nicolas qui s'était réfugié dans un mutisme désolé et s'occuper de François qui avait choisi de se laisser mourir. Peut-être lassés de cette situation qui ne leur laissait que peu d'intimité Juliette et Julien s'étaient séparés. Un an plus tard Nicolas avait épousé la cousine de Cécile. Ensuite les années avaient passé sans que d'un côté comme de l'autre on cherche à renouer les liens.

Comme lorsqu'un film s'achève et que les spectateurs reprennent pied dans la réalité, Loïc s'était ébroué en murmurant :

— Tout cela c'est du passé... Maintenant que je suis à Bordeaux pour plusieurs mois est-ce que je vais les revoir ?

Puis il avait corrigé son interrogation :

— Non, la bonne question est : est-ce que j'ai envie de les revoir ?

Après avoir réfléchi quelques secondes il avait fini par s'avouer que non.

— Trop d'années ont passé, ils et elles ont probablement changé, moi aussi… avait-il soupiré.

Puis quittant à regret la magnifique vue sur Bordeaux Loïc s'était dirigé vers une pizzeria. À l'ombre d'une glycine, il avait dîné d'une salade italienne arrosée d'un « Bardolino rosé » juste à température.

CHAPITRE III

Le lendemain matin, un lundi, Loïc s'était levé de bonne heure, il voulait arriver suffisamment tôt au commissariat pour pouvoir s'imprégner de l'atmosphère des lieux et surtout pour faire connaissance avec les membres de son équipe : un capitaine, deux lieutenants et quatre brigadiers.

Quand il était étudiant, la police judiciaire était encore située rue Casteja. Comme le Quai des Orfèvres à Paris le nom de la rue était devenu celui de l'hôtel de police. Dans les conflits de voisinage ou pour tout autre litige les Bordelais avaient l'habitude de se menacer :

— Je vous préviens si ça continue je vais aller à Casteja.

Ou bien :

— Continuez comme ça, je vais prévenir Casteja et ils vont venir vous embarquer.

Généralement il suffisait de prononcer le nom redoutable pour que tout rentre dans l'ordre.

À son arrivée, le planton qui l'avait reconnu lui avait proposé de le guider jusqu'à son bureau. Avant de le quitter, il avait ajouté :

— J'allais oublier, vous avez déjà reçu deux appels que j'ai transmis à vos collaborateurs.

Après l'avoir remercié Loïc avait pu prendre possession de son vaste bureau d'où il pouvait voir à la fois : le tram, la tour du Ha près de l'école de la magistrature et les flèches de la cathédrale.

Il était temps maintenant de faire plus ample connaissance avec son équipe, à commencer par le capitaine Romain Barteau et les lieutenants Arnaud Lovet et Gaëlle Sivier. Tous les trois semblaient l'attendre lorsqu'il était entré dans leur bureau. Le nouveau bras droit de Loïc, Romain Barteau était un grand gaillard sec et nerveux dont la musculature jouait sous son T-shirt dès qu'il faisait un mouvement. Très brun, le teint mat, l'homme qui avait à peu près le même âge que le commandant avait des yeux d'un noir profond qui pouvaient passer selon les circonstances de la plus grande compréhension à une extrême sévérité. Tout de suite le courant était passé entre les deux hommes qui après s'être jaugés du regard s'étaient serré la main avec chaleur. À l'initiative de Loïc, les deux hommes avaient convenu de se tutoyer et de s'appeler par leurs prénoms. En tant qu'aîné Romain avait tenu à présenter les deux lieutenants. Il avait commencé par Gaëlle Sivier la benjamine. Cette dernière, de taille moyenne, les cheveux tirés en arrière en une stricte queue-de-cheval avait un visage allongé sans réelle beauté mais qu'éclairait un sourire chaleureux. Son binôme, le lieutenant Arnaud Lovet aurait pu passer pour un garçon un peu insignifiant à un œil non averti. Ses yeux vifs et curieux ; à eux seuls démentaient cette première impression. Loïc était persuadé qu'il accentuait à plaisir cet aspect anodin lorsqu'il était en filature. Arnaud faisait partie de ces personnes que l'on regarde sans les voir et que l'on serait bien incapable de reconnaître quelques instants plus tard. Spontanément les deux jeunes gens avaient souri à Loïc avant de lui donner une franche poignée de main.

Avant de passer dire un petit bonjour aux brigadiers dans le bureau adjacent Loïc leur avait dit avec sincérité :

— Je suis certain que nous allons faire du bon boulot tous les quatre.

Il s'apprêtait à quitter la pièce quand Romain Barteau lui avait lancé :

— Excuse-moi Loïc, tu as déjà reçu deux appels téléphoniques, l'un du commandant Franck Litré de la gendarmerie de Libourne et l'autre du commandant Julien Villageau du commissariat de Libourne.

À l'énoncé du deuxième nom, Loïc n'avait pas pu s'empêcher de remarquer les regards échangés par ses collaborateurs sans qu'il puisse en tirer quelques conclusions que ce soit.

Par contre le nom de Franck Litré l'avait fait sourire. Ensemble ils avaient collaboré lors de deux enquêtes particulièrement épineuses. D'autant plus éprouvantes que le père de Loïc était mort dans des circonstances épouvantables pendant la première qui s'était déroulée dans l'Île de Ré[2] et que dans la seconde cela avait été à Franck Litré d'être confronté à l'implication de membres de sa famille dans une succession de meurtres[3]. Tous ces évènements dramatiques les avaient plus sûrement soudés que ne l'auraient fait des années à se côtoyer.

---

2. Chantage en Ré.
3. Meurtres dans le Poitou.

Depuis cette époque les deux hommes et leur famille avaient tissé des liens affectifs et amicaux qui se renforçaient au fil des week-ends et des vacances passés ensemble.

Hasard des choses, lorsque Loïc avait accepté son intérim bordelais il avait appris la promotion de Franck au grade de commandant en même temps que sa mutation à Libourne.

— On n'aurait pas pu souhaiter mieux s'était exclamé Franck Litré. Nous pourrons nous voir souvent quand nous aurons regagné nos nouvelles affectations.

En souriant toujours, Loïc avait pensé :

— Il n'a pas perdu de temps ce vieux voyou, je viens à peine d'arriver !

Aussitôt il avait appelé son ami. Après s'être donné des nouvelles des enfants et de leur épouse Franck avait pris Loïc au dépourvu en lui disant :

— Toute la famille t'attend de pied ferme, ce soir pour dîner.

Surpris et heureux, car l'absence de sa femme et de ses enfants se faisait sentir, Loïc avait accepté mais à condition qu'il apporte le dessert.

Après avoir laissé les deux plus jeunes s'occuper du courrier et des convocations Romain Barteau était venu rejoindre Loïc dans son bureau, une brassée de dossiers sous le bras.

— Loïc, je ne voudrais pas te mettre la pression mais autant que je t'informe tout de suite des affaires en cours... Je n'ai apporté que les plus importantes, pour les délits mineurs Gaëlle et Arnaud se débrouillent très bien. Ils ne viendront te déranger qu'une fois les dossiers bien ficelés, tu n'auras plus qu'à vérifier et signer.

Loïc avait approuvé avec reconnaissance car tout comme son père il se sentait homme de terrain et détestait tout ce qui se rapportait à la paperasse. Il avait souvent pensé avec une certaine mauvaise foi que les arcanes de l'administration française étaient certainement les plus tatillons du monde.

Après avoir pris connaissance des dossiers, trois d'entre eux avaient retenu l'attention du commandant Maudy. En souriant Romain lui avait dit :

— C'est drôle, mais moi aussi j'avais été interpellé par ces trois-là.

Intéressé Loïc lui avait demandé :

— Donne-moi tes raisons Romain, ensuite je te donnerai les miennes.

— La première concerne la disparition d'un jeune de dix-huit ans à la sortie d'une boîte près des anciens abattoirs. Il faut dire que le quartier est chaud. Le plus inquiétant est que cette disparition fait suite à deux autres qui se sont soldées par la découverte de leurs corps dans la Garonne.

La seconde concerne le décès a priori naturel d'un homme d'une soixantaine d'années, courtier en pierres précieuses. Son corps a été découvert par sa jeune épouse qui s'était absentée pour le week-end. Le problème, c'est que le défunt sans autre héritier que sa femme, outre une copieuse assurance vie lui laisse une fortune considérable. La veuve ne semble pas trop affectée d'autant que sa principale préoccupation est de savoir quand il lui sera possible d'avoir accès aux comptes de son mari.

Pour la troisième, même s'il n'y a pas mort d'homme, cela concerne une affaire d'une importance considérable. Comme tous les grands ports celui de Bordeaux a toujours été la plaque tournante d'une multitude de trafics. Mais dans ce cas précis, il s'agirait d'après mes indicateurs, d'une cargaison de cocaïne en provenance d'Amérique Latine. Cargaison de plusieurs millions d'euros.

À l'énoncé du chiffre Loïc Maudy avait sifflé entre ses dents avant d'ajouter :

— Je suppose que ce qui complique la donne c'est qu'il va falloir travailler main dans la main avec les douanes. Nous allons devoir marcher sur des œufs pour ne pas froisser leur susceptibilité.

— Exactement, avait répondu sobrement le jeune capitaine.

En fin de journée après avoir souhaité une bonne soirée à ses collaborateurs Loïc était passé chez lui pour prendre une douche et se changer. Avant de rejoindre sa voiture il s'était arrêté dans une pâtisserie où il avait choisi tout un assortiment de gâteaux. Une fois validé l'itinéraire proposé par son GPS, Loïc avait traversé la Garonne par le Pont d'Aquitaine avant de rejoindre la voie rapide. Ce début de mois de mai était superbe. Le soleil encore haut dorait les coteaux où s'étageaient des vignes bien taillées. Au détour d'un bois, au bout d'une allée de tilleuls ou plus loin sur une colline, des maisons bourgeoises, des châteaux offraient au regard la douceur de leur pierre blonde éclaboussée de soleil. Le paysage donnait une impression d'opulence, de gaieté, de bon vivre…

Trois quarts d'heure plus tard, Loïc se fiant toujours à l'itinéraire proposé se garait le long d'une avenue bordée de platanes juste en face de la gendarmerie.

Franck l'attendait déjà. Après l'avoir embrassé et récupéré le carton de gâteaux, Loïc avait suivi son ami qui lui lançait par-dessus son épaule :

— Il n'y a pas si longtemps que ça que nous nous sommes vus et pourtant c'est drôlement bon de te retrouver... Toute la famille t'attend.

Effectivement, à peine était-il entré dans l'appartement que l'épouse de Franck l'avait embrassé sur les deux joues tandis que les enfants énervés comme des puces bombardaient Loïc de questions.

— Quand Clara et Axel arrivent-ils ? Ils viendront nous voir ? C'est sûr ?

Au bout d'un moment Valérie avait entraîné les enfants sous le prétexte qu'ils allaient l'aider à mettre la dernière main au repas mais surtout pour ménager un moment de calme aux deux hommes.

— Profitez-en pour discuter de vos nouvelles affectations. Pendant le dîner nous ne parlerons que des futures vacances !!!

Une fois les deux hommes confortablement installés dans deux fauteuils club en cuir patiné, Franck avait demandé à son ami :

— Tu ne m'as jamais dit comment tu t'es retrouvé à Bordeaux pour ta dernière année de Droit.

Loïc lui avait alors résumé les vacances au Cap Ferret, la cabane de surf, sa passion dévorante pour Mathilde et pour terminer, son année universitaire avec les six jeunes gens qu'il avait rencontrés pendant l'été.

— Et ton histoire avec Mathilde ?

— Elle s'est terminée comme souvent. Le ciel immuablement bleu de mes vingt ans s'est obscurci, Mathilde m'a quitté puis Cécile s'est tuée dans un accident de voiture, suivie dans la tombe par son père un an plus tard… Juliette a quitté Julien pour se marier avec Nicolas. C'est à peu près à cette époque que j'ai perdu tout contact avec eux.

À la fin du récit de Loïc, Franck Litré lui avait demandé quelques précisions :

— Pourquoi Juliette est-elle venue vivre avec son oncle et sa cousine ?

— C'est une assez triste histoire, lui avait répondu Loïc. Les pères des deux cousines étaient frères. À la mort du grand-père ils ont hérité de la propriété. Peu intéressé par la viniculture François Romelet a vendu ses parts à son frère. Ensuite il a passé son temps à voyager et à dilapider sa fortune dans des montages financiers plus ou moins fumeux. Quand le couple s'est tué dans un crash d'avion, ils n'avaient plus un sou. Marc

Romelet a recueilli l'orpheline âgée de dix ans et il l'a élevée comme sa propre fille.

Loïc s'était souvenu de l'expression employée par Juliette lorsqu'elle lui avait raconté son histoire. « Tu vois je suis un peu comme Cendrillon ». Bien qu'elle ait souri Loïc avait compris que c'était une pirouette pour ne pas s'attendrir.

— Et Julien ? Je n'arrive pas à le situer…

— Julien est le fils du contremaître de l'exploitation et de Maria son épouse. Lorsqu'il est né, l'épouse de Paul Darrose elle aussi attendait un enfant. Quand elle a accouché de Nicolas elle n'a pas pu l'allaiter tant elle était affaiblie. La mère de Julien a donc nourri les deux enfants.

— En somme, ils sont frères de lait l'avait interrompu Franck Litré.

— Exactement. Deux ans plus tard, Léa qui n'avait jamais eu une bonne santé est décédée des suites de je ne sais plus quelle maladie… Maria a élevé les deux garçons comme s'ils étaient les siens. Pour remercier le couple Villageau Paul Darrose leur a donné des parts de l'exploitation afin qu'à l'âge de la retraite ils puissent jouir d'une honnête aisance.

— C'était très généreux s'était exclamé Franck.

— Oui Paul était un homme droit et généreux. Je l'ai peu connu mais c'est quelqu'un comme lui que j'aurais aimé avoir comme père.

Pour éviter de s'attendrir Loïc avait aussitôt repris son récit :

— Il faut que je t'explique qu'en les gratifiant aussi généreusement Paul récompensait une fidélité séculaire de la famille Villageau, le grand-père et l'arrière-grand-père de Julien ayant eux aussi travaillé sur l'exploitation. Par là même ils avaient contribué à la prospérité et à la renommée des vins produits par la propriété.

Avant de conclure, Loïc s'était interrompu pour mettre de l'ordre dans ses idées :

— À l'adolescence des deux garçons, Paul Darrose, avec l'accord de Pierre et Maria les avait inscrits dans un des meilleurs lycées de Bordeaux. C'est d'ailleurs là qu'ils ont rencontré Xavier Rudet puis Mathilde sa sœur. Par la suite Paul a incité les deux jeunes gens à s'inscrire à la faculté de droit. Il avait pris l'engagement de financer les études de Julien car il trouvait normal que ce dernier ait les mêmes chances que Nicolas.

— Chapeau, avait conclu sobrement Franck.

— Après être resté pensif quelques secondes Loïc avait demandé à son ami :

— Mais j'y songe tu dois connaître Julien Villageau, c'est lui qui est à la tête du commissariat de Libourne ?

— Le « cow-boy », lui avait répondu Franck en riant, oui je le connais... J'ai de bonnes relations avec lui, même si je ne l'apprécie pas plus que ça...

— Ah bon et pourquoi ?

— C'est un excellent enquêteur, ça c'est incontestable...

Puis après un petit silence pour mettre de l'ordre dans ses idées et être le plus précis possible, il avait ajouté :

— Il s'est entouré d'une équipe à son image. Ses hommes l'adorent et se feraient tuer pour lui. Comme dans toutes les polices du monde, Julien Villageau a un réseau d'indics qu'il tient d'une main de fer. En contrepartie il leur assure un incognito inexpugnable même pour nous ses collègues !!!

Le ton amer de son ami avait fait sourire Loïc :

— Tiens, tiens, tiens, s'était-il dit, Franck dépité, ce n'est pourtant pas trop son style. Pour faire réagir son collègue et ami, Loïc l'avait gentiment provoqué :

— Paradoxalement, Franck, tu viens de me faire le portrait d'un bon policier, fiable aussi bien pour ses hommes que pour ceux qui lui refilent des tuyaux…

— Oui… oui, avait concédé son ami sans enthousiasme

Loïc qui connaissait bien la manière de fonctionner de Franck Litré, lui avait aussitôt répondu :

— je parie que ce sont ses méthodes qui ne te plaisent pas trop…

— Oui, c'est ça… Mais tu sais cela me gêne un peu de le critiquer surtout si c'est un de tes amis…

— Non rassure-toi, j'ai connu Julien il y a plus de 15 ans… Depuis silence radio… Nous nous sommes perdus de vue comme d'ailleurs avec tous les membres de notre petite bande de copains de cette époque… Je t'ai parlé de lui car il a dû apprendre ma nomination à Bordeaux et il a déjà cherché à me joindre…

— Tu comptes donner suite à son appel ? Je ne suis pas certain que tu apprécies l'homme qu'il est devenu…

— ?

— En fait lui et son équipe sont toujours « border line ». Des tas de bruits courent sur leur petit groupe. En haut lieu on leur passe tout car ils obtiennent des résultats incontestables. Libourne est désormais une ville sans problème avec un taux de délinquance à faire pâlir d'envie toutes les villes de la région…

— Oui je comprends… Mais je suis certain que toi et tes hommes vous participez aussi au calme de la cité…

— Oui, c'est certain. Mais nous, nous travaillons dans le respect des règles… C'est évidemment moins « glamour », moins « guerre des gangs » avait terminé Franck en riant.

*

Valérie avait préparé un délicieux repas avec en particulier une alose en croûte de sel, spécialité de la région. Par prudence Loïc n'avait bu qu'un verre du délicieux Fronsac que Franck avait débouché en son honneur.

Vers vingt-trois heures Loïc avait repris le volant pour regagner Bordeaux tout ragaillardi d'avoir retrouvé la petite famille de Franck Litré.

CHAPITRE IV

L'air pensif Nicolas Darrose venait de reposer le combiné sur son socle. Il avait été surpris que son père ne l'ait pas appelé sur son portable mais il en avait compris la raison quelques minutes plus tard.

— Allo Nicolas, tu es seul ? Je peux te parler sans être entendu ?

Nicolas avait répondu en riant :

— Oui OSS117 vous pouvez parler la ligne n'est pas sur écoute, nous avons vérifié !

— Après avoir ri à son tour Paul Darrose lui avait expliqué qu'il venait de lire dans le journal un article qui l'avait beaucoup intéressé. Aux questions de son fils il avait répondu :

— Imagine-toi que Loïc Maudy, tu te souviens de lui ?

Et sans attendre la réponse qui allait de soi il avait poursuivi :

— Il vient d'être nommé commandant en chef de la PJ de Bordeaux. Il va entrer en fonction la semaine prochaine.

— Oui et alors ? Avait commencé Nicolas.

— Cela me ferait plaisir que tu l'invites à ton prochain dîner. Je voudrais faire la surprise à Juliette, Mathilde, Xavier et Julien. Surtout n'en parle à personne même pas à ta femme… Maria elle aussi est très heureuse de le revoir.

— Je ne suis pas certain que cela soit une bonne idée mais puisque cela te fait plaisir je l'appellerai dès demain matin.

Une fois la communication terminée, les pensées de Nicolas s'étaient évadées vers le passé : Loïc Maudy le copain de l'année de ses vingt ans… Rien qu'à l'évocation du prénom il lui semblait retrouver le goût du sel sur ses lèvres, la morsure des coups de soleil en fin de journée, la douceur de la tête de Cécile sur son torse tandis que la brise iodée caressait leur peau à tous les sept, lui, Cécile, Xavier, Julien, Mathilde, Loïc et Juliette. Ils étaient jeunes, en bonne santé, la vie semblait toute simple : bonheur, bonheur encore, bonheur toujours… Il lui semblait encore entendre le rire tonitruant de Xavier, le seul des garçons à ne pas être en couple.

— Vous êtes cinglés les mecs, croyez-moi la vie de célibataire il n'y a que ça de vrai !!! Avant de s'enfuir en courant tandis que les filles le bombardaient de poignées de sable.

La suite lui rappelait ce terrible film suédois « Elle n'a dansé qu'un seul été ». Loïc était reparti à Paris pour intégrer l'école des officiers de police. Lassée par cette vie sentimentale en pointillé Mathilde l'avait quitté. La dernière fois qu'il avait vu Loïc c'était pour les funérailles de Cécile morte dans un accident de voiture alors qu'elle attendait leur premier enfant. Il se souvenait encore du gouffre béant qui s'était ouvert sous ses pieds. Sans Juliette il ne savait pas ce qu'il serait devenu. Une année plus tard il avait commencé à ouvrir les yeux sur tous ceux qui l'avaient soutenu et consolé avec patience. Juliette au fil des mois lui était devenue indispensable. Un an plus tard ils avaient fini par se marier.

Même si dix années s'étaient écoulées depuis la disparition de Cécile, lorsque Nicolas pensait à elle il ressentait toujours ce que décrivent les personnes amputées d'un membre : une douleur fantôme, la part de lui qui s'en était allée avec elle.

Le flot d'émotions contradictoires qu'avait provoqué la demande de son père n'avait fait que renforcer les réticences de Nicolas. Inviter Loïc n'était pas une bonne idée, il avait probablement changé et eux aussi. Aimerait-il ce qu'ils étaient devenus, rien n'était moins sûr.

Avec un soupir Nicolas avait décidé de faire ce que son père lui avait demandé, cela avait tellement l'air de lui faire plaisir…

Après avoir pris cette décision dictée par l'affection qu'il portait à son père, Nicolas était resté immobile la main toujours posée sur le téléphone. Ses yeux avaient perdu leur expression indécise et un pli soucieux barrait son front.

— J'ai bien peur que la présence de Loïc ne fasse qu'aggraver les choses… s'était-il murmuré avant de se ressaisir.

CHAPITRE V

Le lendemain matin, après une bonne nuit de sommeil, Loïc s'était réveillé en pleine forme. Tout guilleret, il s'était rasé et douché avant de prendre un grand bol de café noir. Tout en se lavant les dents en chantonnant Loïc avait eu une pensée reconnaissante pour Franck Litré.

— Une ambiance sympathique avec des amis que l'on aime, rien de tel pour doper le moral des troupes s'était-il murmuré en nouant sa cravate.

À son arrivée le planton l'avait salué tout sourire avant de lui annoncer :

— Vous avez déjà reçu un appel que j'ai transmis à votre équipe.

Avant de se diriger vers son bureau, Loïc avait fait le tour du service pour dire bonjour à ses collaborateurs. À son entrée dans le bureau du capitaine et des deux lieutenants, les sourires qui l'avaient accueilli suivis de franches poignées de main l'avaient rassuré. Selon toute vraisemblance il avait réussi brillamment son baptême du feu, ils l'avaient adopté.

Romain Barteau, après lui avoir demandé s'il avait passé une bonne soirée chez son ami le commandant de gendarmerie lui avait tendu une feuille où était inscrit un numéro de portable.

— Il s'agit de Nicolas Darrose, un de tes amis, du moins c'est ce que j'ai cru comprendre.

Installé confortablement devant son bureau Loïc avait décidé d'appeler Nicolas immédiatement. Celui-ci voulait sans doute lui souhaiter la bienvenue à Bordeaux, lui demander par courtoisie, plutôt que par intérêt véritable ce qu'il devenait, où en était sa vie etc... Autant s'en débarrasser tout de suite avant de se mettre au travail.

De penser à ces échanges courtois qui n'ont aucun intérêt si ce n'est de répondre aux règles du savoir-vivre lui avait fait se remémorer une phrase de Mathieu Guérin :

— As-tu remarqué Loïc, que la plupart du temps les gens qui te disent « Comment ça va ? » ne s'adressent pas à toi mais à eux ?

Ce vieux Mathieu s'il ne l'avait pas rencontré au cours d'une enquête sur une succession de meurtres, sa vie n'aurait certainement pas été la même. Lors de cette affaire, Mathieu avait fait partie des suspects avant d'être totalement blanchi. Piqué au vif par cette suspicion il avait aidé la P.J à démasquer le véritable coupable. Son rôle avait été tellement déterminant que Loïc l'avait souvent sollicité pour l'aider à démêler les fils enchevêtrés d'enquêtes délicates. Mathieu avait toujours refusé le qualificatif de « profiler » lui préférant celui de psychiatre consultant. De la même manière il n'avait jamais voulu que sa collaboration avec la police soit officialisée.

Au fil du temps Mathieu était devenu un des meilleurs amis de Loïc. C'était lui qui le connaissait le mieux. Combien de fois le jeune commandant lui avait-il avoué ses failles, ses incertitudes, ses doutes sur ses capacités d'enquêteur. Patiemment ce dernier l'avait écouté, rassuré, réconforté.

— Si je t'avais senti sûr de toi, sans avoir jamais le moindre doute, campant sur des certitudes inébranlables, je pense que tu ne m'aurais pas intéressé.

Il avait ensuite ajouté :

— Douter de soi, avoir peur de se tromper, ce ne sont pas des signes de faiblesse. Au contraire, c'est une force, un gage de réussite dans ce que tu entreprends car cela a été mûrement réfléchi… C'est un peu comme la curiosité…

Devant l'air surpris de Loïc il s'était empressé d'ajouter :

— Je ne parle pas de curiosité malsaine : qui couche avec qui ou tout autre ragot. Non je te parle de curiosité intellectuelle, désir d'approfondir une question, s'interroger sur l'incohérence de certains éléments dans une situation donnée. Puis il avait éclaté de rire avant de conclure :

— Ce n'est probablement pas charitable ce que je vais te dire, mais à mon avis ceux qui en sont dépourvus sont généralement un peu cons !!!

Devant l'air ébahi de Loïc peu habitué aux écarts de langage de son ami, il lui avait lancé

— Cherche pas, toi tu ne l'es pas, point barre !

Sortant de sa longue rêverie Loïc avait composé le numéro de Nicolas. Après quelques minutes d'échanges un peu contraints Nicolas en était venu à l'objet de son appel.

— Samedi prochain Juliette et moi organisons une petite soirée dans notre appartement Quai des Chartrons. Il y aura quelques vieux amis que tu ne connais pas mais Julien, Mathilde, Xavier et son épouse Patricia m'ont promis d'être des nôtres ainsi que mon père et Maria. Bien sûr tu peux venir accompagné.

Pris par surprise Loïc n'avait pas eu le temps de trouver de raisons valables pour refuser cette invitation inattendue. Avant de raccrocher Nicolas avait paru très heureux de son acceptation.

— Vraiment content que tu puisses venir. Juliette et les autres vont être fous de joie. Puis après un petit silence, mon père et Maria aussi… Ils t'aimaient beaucoup.

Après cet appel téléphonique Loïc était resté silencieux, le regard perdu dans le vague, la main crispée sur son portable. Quel effet cela allait-il lui faire de retrouver ses amis de jeunesse, allait-il les reconnaître, allait-il éprouver du plaisir en les revoyant après tant d'années.

Loïc était mécontent d'avoir accepté mais il n'avait pas pu faire autrement au risque d'être franchement impoli. Puis d'un seul coup son front s'était déridé, il irait à cette soirée accompagné de Mathieu. Il venait de se souvenir que tous les ans au mois de mai, ce dernier quittait Paris pour ce qu'il appelait une retraite spirituelle, dans une maison d'hôte pas très loin du château de La Brède. En riant il lui avait dit :

— Ici il ne peut rien m'arriver. Je suis sous la protection de « l'Esprit des lois » ! [4]

— Oui, décidément c'est une très bonne idée, il viendrait avec un ami de « maintenant » pour retrouver des amis d'« avant ». Après quinze années d'absence il se sentirait moins seul face à ses cinq copains qui eux avaient gardé le contact.

Mais est-ce que Mathieu accepterait son invitation, ça par contre ce n'était pas gagné !

Se reprenant Loïc s'était murmuré :

— Bon je verrai cela plus tard dans la journée. Il faut quand même que je m'intéresse aux affaires en cours.

*

Après avoir frappé, Romain Barteau était entré, plusieurs dossiers sous le bras.

— Si tu es d'accord Loïc, je vais te résumer l'avancée de nos recherches pour les trois principales affaires

— Avec plaisir Romain, vas-y.

— Pour le jeune homme qui a disparu nous avons lancé un avis de recherche. Gaëlle est

---

4. Montesquieu (1689-1755).

allée fouiner dans les boîtes de nuit du quai de Paludate en se présentant comme une amie du disparu. Le videur lui a assuré l'avoir vu se diriger vers la gare. Elle y est allée ensuite pour montrer la photo du jeune homme. Sans succès…

— En ce qui concerne le décès du courtier en pierres précieuses nous avons vérifié l'alibi de son épouse. L'amie chez laquelle elle avait passé le week-end, a dans un premier temps confirmé son alibi avant de se rétracter. Grace à l'opérateur du téléphone de la veuve nous avons appris qu'elle n'avait pas quitté Bordeaux. Nous sommes donc retournés l'interroger à son domicile. Après avoir commencé par nier elle a fini par avouer qu'elle avait passé le week-end en compagnie de son amant dans un hôtel de la rive droite.

— Je parie que l'amant en question est connu de nos services avait souri Loïc.

— Exactement : cambriolage, voies de fait et j'en passe… Alors que sa maîtresse nous avait assuré qu'ils ne s'étaient pas quittés une seconde, le veilleur de nuit de l'hôtel nous a affirmé que l'homme était sorti vers 23 h le samedi et n'était revenu qu'une heure et demie plus tard.

— Beau travail avait approuvé le commandant Maudy.

— Nous avons l'intention de les interroger séparément et de les monter l'un contre l'autre. Quand ils seront là je te préviendrai.

L'air approbateur Loïc l'avait remercié après l'avoir félicité.

— Décidément je suis de plus en plus heureux de travailler avec vous trois.

— Quid du troisième dossier ?

— J'ai eu mon homologue des douanes au téléphone, tôt ce matin. Les instances supérieures de chez eux ont proposé que seul un nombre restreint d'officiers des deux instances soit au courant de l'opération, pour éviter les fuites éventuelles.

— C'est une sage décision. Pour ma part j'y souscris sans réserve. Et toi qu'en penses-tu Romain ?

— Je suis d'accord avec toi, d'autant que ce genre d'enquête est on ne peut plus « casse-gueule », les douanes étant très sourcilleuses de leurs prérogatives !!!

— Tu as raison hélas, avait soupiré le commandant Maudy.

La journée avait passé à toute vitesse. Dans l'après-midi Loïc avait convoqué toute son équipe pour expédier les affaires courantes, vols de voitures, échauffourées dans les bars, vols à l'arraché. Tous les dossiers avaient été préparés avec minutie et clarté par Gaëlle et Arnaud.

En fin d'après-midi il s'était isolé dans son bureau pour laisser un message à Mathieu. Si ce dernier acceptait l'invitation il serait toujours temps de prévenir Nicolas Darrose.

Les jours suivants le travail de fourmis de ses collaborateurs avait porté ses fruits. Grâce à l'avis de recherche qui avait été largement diffusé dans les médias, le jeune homme avait été retrouvé sain et sauf. Il était simplement parti rejoindre sa petite amie à Toulouse. La mort du courtier avait elle aussi été élucidée grâce aux aveux des deux suspects qui, bien sûr se rejetaient la faute. Après des heures d'interrogatoire où mensonges et contrevérités avaient été la règle, l'homme avait fini par avouer qu'il avait étouffé la victime avec un oreiller après avoir pénétré dans l'appartement avec la clef que lui avait confiée sa maîtresse. Thèse confirmée par l'autopsie qui avait permis de découvrir des traces de duvet dans les voies respiratoires de la victime.

Sans avoir eu le temps de s'en rendre compte la première semaine de Loïc Maudy venait de s'achever. Avec un petit pincement au cœur il avait réalisé que le lendemain soir il allait revoir ses amis de jeunesse.

*

La soirée chez Juliette et Nicolas s'était déroulée dans une ambiance sympathique. Très vite Loïc et Mathieu avaient sympathisé avec les amis du couple. Vers vingt-trois heures trente, Mathieu, visiblement fatigué s'était levé. Après avoir remercié ses hôtes de cette charmante soirée il avait salué l'assistance d'un petit signe de la main. Un certain nombre d'invités lui avaient emboîté le pas. Parmi ceux-ci, Julien, Patricia et Xavier. Nicolas qui les avait accompagnés jusqu'au perron avait décidé d'en profiter pour remiser sa voiture dans un garage un peu plus loin sur les quais. Après s'être attardé quelques instants auprès de Juliette et Mathilde, Loïc s'était levé à son tour. En sortant de l'immeuble il avait croisé Nicolas l'oreille vissée à son portable. Après l'avoir embrassé et remercié il avait pris le chemin de son appartement.

Le mois de mai était particulièrement doux, Loïc avait donc décidé de faire le trajet à pied, cela lui ferait faire un peu d'exercice. C'était une jolie promenade. Après avoir longé la rive de la Garonne il avait remonté la place des Quinconces, en admirant au passage les colonnes rostrales et un peu plus haut l'impressionnante fontaine. Ensuite il était passé devant le célèbre restaurant « L'Entrecôte » où il s'était promis d'emmener Claire et les enfants lorsqu'ils viendraient le rejoindre. Sur la Place de la Comédie les derniers trams glissaient silencieusement devant la magnifique façade du Grand Théâtre. Après s'être attardé quelques minutes à l'entrée de la rue Sainte Catherine il avait commencé à remonter le cours de l'Intendance, jalonné d'enseignes prestigieuses. Il ne lui restait plus que quelques centaines de mètres pour arriver chez lui rue Judaïque.

Loïc était plutôt satisfait de la soirée. Grâce à la présence de Mathieu il ne s'était pas senti comme un étranger au milieu de ce groupe d'amis qui se connaissaient depuis des années. Il avait été particulièrement heureux de revoir Paul le père de Nicolas. Toujours bel homme, droit comme un I dans son costume bien taillé il avait accueilli Loïc avec une gentillesse dont la sincérité l'avait ému. C'était le même Paul qui avec Nicolas avait insisté vingt ans plus tôt pour qu'il profite de la vaste demeure du Cap Ferret. Lui aussi qui un jour lui avait dit en souriant :

— Je suis heureux que Nicolas compte parmi ses amis un jeune homme tel que vous ! Confus, Loïc avait rougi sans savoir trop quoi répondre.

Calmement, Paul Darrose avait ajouté en souriant, mais le regard un peu triste :

— Je me fais toujours du souci pour Nicolas… Je me sens tranquillisé lorsque je le sais entouré par des amis tels que vous et julien.

— Oui s'était répété une nouvelle fois Loïc, c'était vraiment une bonne soirée. Les retrouvailles s'étaient passées beaucoup mieux qu'il ne l'avait imaginé. Quelques instants avaient suffi pour gommer les quinze années qui venaient de s'écouler.

Les exclamations joyeuses puis les effusions après qu'il soit entré dans le salon l'avaient rassuré. Dans leur ensemble ses amis de l'été de ses vingt ans n'avaient pas trop changé, les hommes avaient pris un peu de poids mais les femmes avaient bien su tirer leur épingle du jeu. Elles étaient devenues des dames, mais de bien jolies dames avait pensé Loïc avec une certaine admiration.

Tout en marchant il se rendait bien compte qu'en se répétant en boucle que c'était une bonne soirée il n'était pas honnête avec lui-même. Depuis son départ de l'appartement une petite voix acide lui susurrait à l'oreille que ce n'était pas tout à fait vrai. Pendant le dîner, plus les heures passaient plus il lui avait semblé que les rires sonnaient faux et que l'entrain des conversations avait quelque chose de contraint.

Loïc s'était arrêté quelques instants sur la place Gambetta. Le vieux magnolia du temps de ses études était toujours là, avec son parfum entêtant. Signe de sa nervosité, il avait allumé une cigarette lui qui ne fumait presque plus.

— Non, je dois me faire des idées avait-il essayé de se persuader sans conviction.

La petite voix, quant à elle continuait de murmurer à son oreille :

— Sois honnête avec toi Bon Dieu ! Tu ne vas pas me dire que tes amis respiraient la joie de vivre !!! Je suis certain que tu as ressenti cette drôle d'impression, cette sensation à la fois abstraite, poisseuse et inquiétante… Bon, on est entre nous, on peut tout se dire ? N'ayons pas peur des mots, ça puait la peur tu n'es pas d'accord ?

— Oui mais pourquoi ? Avait-il demandé à la petite voix, allez, toi qui es si maligne dis-moi pourquoi.

Le silence qui avait suivi ne l'avait évidemment pas aidé à répondre à la question.

Puis Loïc s'était souvenu de la curieuse réponse de Paul Darrose à un ami de son fils qui le complimentait pour son évidente bonne santé.

— Oui merci… c'est gentil de me le dire… oui je vais bien, très bien même.

Puis après un petit silence il avait ajouté en souriant :

— D'ici quelques jours vous saurez pourquoi je suis autant en forme… Il faut savoir prendre des décisions surtout lorsqu'elles sont justes… Et c'est ce que je m'apprête à faire…

Malgré la brièveté de cet intermède, Loïc se souvenait avec netteté de l'étonnement qu'avait provoqué cet échange entre les deux hommes. Nicolas avait souri l'air absent, Juliette dans un réflexe protecteur avait posé sa main sur celle de son mari. Julien, Mathilde et son frère avaient souri avec politesse. Loïc avait tout de même eu le temps de saisir un éclair d'inquiétude dans les yeux de Mathilde.

— Bon, avait conclu Loïc en écrasant sa cigarette sous le talon de sa chaussure, il s'agit probablement d'histoires de famille qui Dieu merci ne m'intéressent pas et surtout ne me regardent pas.

Loïc avait toujours su que la famille de Nicolas tout comme celle de Cécile étaient très fortunées. Leurs propriétés produisaient des crus prestigieux qui leur assuraient une aisance enviable.

Avant de parcourir les derniers cent mètres qui le séparaient de l'immeuble où il s'était installé, il avait pensé à Mathieu.

— Le pauvre vieux j'espère qu'il ne s'est pas trop ennuyé. Se remémorant la soirée il s'était senti rassuré.

Pour satisfaire la curiosité des invités, Mathieu leur avait expliqué en quoi consistait sa collaboration avec la police judiciaire du quai des Orfèvres. Ses compétences n'intervenaient pas, leur avait-il dit, dans l'enquête elle-même mais seulement dans l'étude plus abstraite des incidences psychologiques concernant les suspects et la victime.

Tout en escaladant les deux étages Loïc s'était promis de ne pas l'appeler pour respecter son souhait de tranquillité. Par contre il espérait bien que ce serait lui qui le ferait dans les jours à venir.

— Je serais curieux de connaître ses impressions, le ressenti d'un œil avisé et d'une oreille impartiale… Oui, je suis vraiment impatient…

CHAPITRE VI

Deux individus venaient de se retrouver dans un bar discret du quai Richelieu. Ils avaient choisi une table éloignée des autres consommateurs pour préserver la discrétion de leur conversation.

L'une des deux, le visage convulsé de rage avait lancé en baissant la voix :

— Ce vieux fou de Paul ! Qu'est-ce qui lui a pris de faire cette annonce ? D'un seul coup ce qui n'était qu'un projet semble être devenu pour lui une priorité !

— Personnellement ce qui m'a surtout inquiété c'est l'arrivée surprise de Loïc accompagné de son ami Mathieu Guérin… Tu te rends compte le chef de la PJ bordelaise et un profiler réputé !

Ayant surpris le haussement de sourcils interrogateur de son vis-à-vis

— Oui je me suis renseigné sur internet, il est très connu des médias et il donne des cours de criminologie.

— Si l'invitation des deux hommes a été faite délibérément pour provoquer une réaction, cela veut dire que Paul se doute de quelque chose.

— Oui… mais comment pourrait-il savoir ?… C'est pratiquement impossible. Non, à mon avis il ne sait rien de concret… Mais il est très intelligent, intuitivement il a dû sentir qu'il se passait quelque chose…

— Oui tu as certainement raison…

Puis après un petit silence :

— J'ai cru comprendre sans oser poser de questions qu'il s'intéressait à nouveau à l'accident de Cécile.

— C'est pas possible… Plus de dix ans après ?

— Oui et c'est bien inquiétant… Cela va nous obliger à modifier nos plans.

Avec une lueur mauvaise dans les yeux, la deuxième voix avait poursuivi :

— Il faut l'éliminer le plus rapidement possible.

— Je le pense aussi. Espérons que cela se passera mieux que pour Mathieu Guérin !!!

Sèchement l'autre avait aussitôt répondu :

— J'ai fait ce que j'ai pu. Envoyer discrètement un SMS pendant un dîner n'est déjà pas facile mais expliquer à ton correspondant ce qu'il doit faire l'est encore moins !... Tu sais bien que je n'aime pas l'improvisation.

— Ton contact t'a bien transmis le relevé des habitudes journalières de Paul ? Et sans attendre la réponse :

— Donc, il n'y a aucune raison pour que cela échoue. Ce vieil imbécile n'aura en définitive que ce qu'il mérite.

Après quelques minutes les deux inconnus s'étaient séparés. Par prudence ils avaient choisi de ne pas quitter le bar en même temps.

CHAPITRE VII

Cela devait faire une bonne dizaine d'années que Mathieu Guérin venait se ressourcer pendant une quinzaine de jours, dans une maison d'hôte située à proximité du château de Montesquieu.

Construite au XVIIIe siècle, la folie en pierre blonde d'Aquitaine se dressait au bout d'une allée de chênes centenaires. Du côté droit du chemin un étang bordé de touffes d'iris entourait un îlot rocheux sur lequel une gloriette inspirée de l'antique se reflétait dans l'eau verte. Concession au modernisme, une piscine à débordement occupait le côté gauche de la maison. Sur la terrasse qui entourait le bassin de nombreux transats invitaient au farniente, Mathieu aimait venir se prélasser dans l'un d'entre eux avant de faire quelques brasses. Le plus souvent le livre qu'il apportait lui échappait des mains tandis qu'il s'assoupissait, légèrement étourdi par le parfum de la roseraie et des bosquets de seringa tout proches.

Il venait toujours seul. C'était pour lui un moment de solitude propice à la méditation.

Pour le taquiner, Isabelle, sa compagne lui avait dit un jour en riant :

— Oui c'est ta période « to be or not to be ».

Il avait souri tout en reconnaissant que cela n'était pas faux.

À part quelques concerts, conférences ou expositions, Mathieu quittait rarement son lieu de retraite. Même s'il consultait tous les jours sa boîte mail il ne répondait qu'en cas d'urgence absolue, c'est-à-dire pratiquement jamais. C'était la même chose pour son téléphone portable qu'il allumait seulement en fin de journée pour regarder ses appels.

La veille il avait été très surpris de découvrir un message de Loïc. Ce dernier lui annonçait son affectation à Bordeaux et l'invitait à l'accompagner à un dîner où seraient présents des amis de sa dernière année de Droit. À la fin du message son ami lui renouvelait ses excuses pour l'avoir dérangé pendant ses vacances :

— Cela me ferait plaisir que tu acceptes… vraiment. Je sais que tu n'aimes pas être parasité pendant ton séjour, mais ce n'est que pour une soirée… Je pense que tu ne le regretteras pas, concluait-il.

La dernière phrase avait laissé Mathieu perplexe.

— Pourquoi je ne le regretterai pas ? À part Loïc je ne connaîtrai personne !…

Après avoir longuement réfléchi il avait décidé d'accepter cette étrange invitation. Revoir Loïc qu'il n'avait pas rencontré depuis un ou deux mois le réjouissait. Une autre raison l'avait incité à donner suite à la proposition de son ami. Pourquoi Loïc qui connaissait bien ses habitudes avait-il décidé de braver l'interdit ? Les raisons devaient être impérieuses et par là même méritaient qu'il s'y intéresse.

— Cette invitation a priori anodine ne doit pas l'être autant que ça, avait-il conclu avant de laisser un message à Loïc pour lui dire qu'il acceptait avec grand plaisir.

*

Le samedi, en début de soirée il avait retrouvé Loïc en haut des allées de Tourny où il avait garé sa voiture. En marchant le long des quais ils avaient rejoint le quai des Chartrons. La veille, ils avaient convenu de se retrouver un peu plus tôt, afin de pouvoir discuter tranquillement avant le dîner. Pendant une dizaine de minutes ils avaient parlé de choses et d'autres sans que Loïc ne fasse allusion à l'étrangeté de son invitation.

Lorsqu'ils étaient arrivés, la plupart des invités de Nicolas et Juliette étaient déjà là. Leur arrivée avait provoqué l'intérêt général, probablement l'attrait de la nouveauté s'était dit Mathieu avant que Loïc fasse les présentations.

— Mathieu Guérin, un très bon ami, psychiatre de son état, accessoirement collaborateur de la PJ parisienne à qui il prête son concours pour nous aider à résoudre des affaires complexes… surtout ne lui dites pas qu'il est « profiler », il a horreur de ça, avait-il conclu au milieu des rires de l'assistance.

Le dîner avait été en tout point parfait, des crus prestigieux avaient accompagné le foie gras mi-cuit, suivi par un gigot de « pré salé » fondant à souhait. Au moment du café Mathieu avait senti la fatigue l'envahir. Depuis son accident ischémique transitoire du début de l'année il traînait une lassitude qui l'inquiétait même si elle diminuait de jour en jour. Son cardiologue l'avait rassuré :

— Mathieu, c'est tout à fait normal, tu es médecin, tu le sais donc aussi bien que moi ! Au lieu de te plaindre tu ferais mieux de te réjouir de n'avoir aucune séquelle !

Mathieu était en train de réfléchir à une stratégie adéquate pour prendre congé sans être impoli lorsqu'une voix anonyme lui avait demandé :

— Si vous nous parliez de votre collaboration avec la police ? J'ai entendu parler de certaines de vos enquêtes qui ont eu un retentissement médiatique national.

— Vous savez, avait-il répondu, j'ai tout au plus apporté un éclairage différent sur les affaires auxquelles vous faites allusion, en complétant les indices objectifs de l'enquête par un constat cette fois-ci subjectif, tenant à la personnalité des suspects.

— Comment cela ? Racontez-nous s'était exclamée la jolie femme blonde assise sur l'accoudoir du fauteuil de leur hôte, son mari en l'occurrence.

Par politesse Mathieu avait décidé de différer son départ afin de répondre à la question de Juliette.

— Dans une scène de crime, la police, lorsqu'elle arrive sur place va isoler l'endroit afin qu'il ne soit pas souillé par des ADN n'ayant rien à voir avec l'enquête. C'est le premier point. Ensuite elle va collecter des indices : arme du crime, traces de lutte, table renversée, vaisselle brisée, avant de passer la main à la scientifique qui va rechercher plus spécifiquement les empreintes digitales, les traces d'ADN, etc…

Évidemment la plupart du temps je ne suis pas présent lors de ce travail préliminaire mais des photos très précises, sous tous les angles sont effectuées dès ce stade de l'enquête… C'est d'ailleurs sur cette compilation iconographique que je travaille par la suite.

— N'est-ce pas frustrant pour vous ? L'avait alors interrogé une autre voix.

— Si, un peu, je l'avoue… C'est plus difficile évidemment de s'imprégner de l'atmosphère d'une scène de crime à partir de simples clichés. Mais d'un autre côté l'aspect émotionnel est retombé, cela me permet donc d'examiner toutes les pièces que l'on me fournit avec un esprit plus neutre.

— Et ensuite ? l'avait interrogé un autre convive.

— Ensuite j'essaie de comprendre l'état d'esprit du meurtrier… Par exemple si le corps est allongé sur le dos, les bras croisés cela montre un reste de considération du tueur pour sa victime. Cela ne veut pas dire qu'il regrette son acte mais ayant assouvi sa haine, sa rage ou son accès de folie il désire cependant redonner une dignité au corps sans vie qui git à ses pieds.

Puis après avoir réfléchi quelques secondes il avait poursuivi :

— A contrario il y a également des corps que même au-delà de la mort le meurtrier a tenu à salir : sous-vêtement enfoncé dans la bouche, pose grotesque ou scabreuse.

— Rencontrez-vous les suspects ?

— Oui bien sûr. Quand les enquêteurs me demandent d'assister aux interrogatoires voire même d'y participer, j'observe très attentivement la personne interrogée… Souvent un regard, une mimique, une fêlure dans la voix renseignent plus sûrement que ne le ferait un long interrogatoire.

Loïc, qui avait lui-même cette perspicacité intuitive avait hoché la tête pour approuver, car c'était Mathieu qui l'avait aidé à développer cette analyse subjective.

— Oui mais…, avait tenté une autre voix.

Remarquant les traits tirés de son ami, Loïc l'avait interrompu :

— Non, non, si vous le voulez bien nous allons en rester là pour ce soir. Si vous saviez comme il m'a fallu insister pour arriver à faire sortir Mathieu de sa tanière !!! Vous allez lui faire regretter d'être venu !

Le ton était léger mais ferme, personne n'avait osé insister. Après un petit silence les conversations avaient repris mais de manière plus languissante.

Mathieu en avait profité pour se lever. Après avoir chaleureusement remercié ses hôtes et salué à la ronde, il avait pris congé, imité par un certain nombre d'invités.

*

D'avoir fait à pied le trajet depuis l'appartement de Nicolas et Juliette jusqu'à sa voiture avait ragaillardi Mathieu tout autant que son impatience à l'idée de retrouver le petit bolide dont il avait fait l'acquisition quelques mois auparavant. À Isabelle sa compagne il avait dit :

— Je viens d'acheter un coupé Mercedes ma chérie, je suis sûr que tu vas adorer… Évidemment cela n'est pas trop raisonnable.

— C'est même tout à fait déraisonnable lui avait-elle répondu en riant, avant de poursuivre :

— Ce sont toujours les coups de cœur qui font le plus plaisir !

— ?

— Ben oui. Si une fantaisie est raisonnable ce n'est plus une fantaisie. C'est du tout-venant… Tu es d'accord avec moi ?

Sans attendre la réponse elle avait ajouté :

— Pour moi une fantaisie doit représenter un soupçon de risque, un brin de folie, un zeste de remords mais surtout pas de regret.

Dans un sourire adressé à lui-même Mathieu avait murmuré :

— Bien sûr, c'est elle qui a raison, comme toujours…

Après avoir longé les quais il avait emprunté la quatre-voies qui mène vers l'autoroute de Toulouse.

Du fait de sa lassitude, cette soirée lui avait laissé une drôle d'impression, comme quelque chose d'inachevé ou de factice. Malgré l'ambiance agréable, logique lorsqu'un groupe de vieux amis se retrouve, il avait eu l'impression d'assister à une mauvaise pièce de théâtre, même les rires lui avaient paru sonner faux.

— Tu te fais des idées mon pauvre Mathieu ! C'est toi qui n'étais pas dans ton assiette, cherche pas plus loin…

Après la bifurcation en direction de Toulouse il s'était mis à penser à Loïc. Il lui avait paru très en forme, cela lui avait fait plaisir. Il était temps que son ami tourne la page de ses sombres souvenirs. Deux ans après le drame qui avait coûté la vie au père de Loïc cela avait été à Franck Litré d'être confronté à une enquête compliquée impliquant sa nombreuse parentèle poitevine. Là aussi, la fin avait été tragique. Franck avait cependant beaucoup mieux encaissé que Loïc. Probablement plus réaliste et moins fragile émotionnellement, il avait mieux rebondi.

Malgré lui ses pensées l'avaient ramené à la soirée qu'il venait de passer.

— Non, décidément non je ne me fais pas d'idées. Le seul moment un peu vrai c'est lorsque les invités m'ont interrogé sur mon activité en collaboration avec la police. L'intérêt était sincère presque trop comme si l'on avait cherché à me soutirer des informations... Ce qui est certain c'est qu'il avait senti planer une vague menace.

Soudain Mathieu avait sursauté, il venait de se souvenir d'une impression fugace qui avait traversé son esprit avant qu'il ne l'oublie aussitôt dans le feu de la discussion. Son regard en avait croisé un autre, profond, aux aguets, aiguisé comme une lame, regard qui semblait lire en lui comme dans un livre ouvert. Cet échange avait duré une seconde avant que la lueur inquiétante ne s'éteigne. Curieusement il se souvenait du regard mais pas de celle ou celui avec qui il l'avait échangé. Décidément « je vieillis » avait-il pensé avant de quitter la voie rapide pour s'engager sur la route secondaire qui s'enfonçait dans la forêt. Encore trois ou quatre kilomètres et il allait retrouver son lit « King size » ce qui tombait à pic car il tombait de sommeil.

Mathieu s'était secoué, ce n'était pas le moment de relâcher son attention, un peu plus loin il y avait une courbe presqu'en épingle à cheveux, bordée sur le côté droit par un fossé profond qui descendait ensuite en pente douce vers un amoncellement de rochers.

Mathieu n'avait pas remarqué la grosse berline sombre qui le suivait depuis Bordeaux. Au moment précis où il avait commencé à négocier le virage il avait entendu un vrombissement puissant avant d'être doublé à vive allure par un conducteur pressé qui s'était rabattu brutalement devant son capot. Tétanisé par la peur, Mathieu avait senti une décharge d'adrénaline parcourir ses veines tandis qu'il freinait en tanguant dangereusement sur le bas-côté. Pendant ce temps les feux arrière de la berline se perdaient dans le lointain. Jurant entre ses dents, les jambes tremblantes, il avait repris sa route à petite vitesse.

Quelques minutes plus tard il avait bifurqué dans la majestueuse allée bordée de chênes. Après avoir garé sa voiture, il s'était dirigé vers sa chambre.

La semaine suivante il devait apprendre qu'il venait d'échapper à une tentative d'assassinat.

CHAPITRE VIII

En ce début de semaine Loïc s'était senti heureux de regagner le commissariat. La semaine précédente n'avait été qu'une répétition, maintenant il fallait attaquer la partition « andante » et en souriant il avait ajouté « ma non troppo » !

Pendant le week-end il avait décidé de personnaliser les différentes pièces de l'appartement, en particulier les chambres des enfants. Le dimanche soir, fourbu mais content il avait prévenu Claire qu'il était fin prêt pour les recevoir.

À son arrivée dans le service il avait retrouvé avec plaisir tous les membres de son équipe. Était-ce la douceur du temps ou bien sa bonne humeur il avait eu l'impression que tous partageaient son allégresse. Même le lieutenant

Arnaud Levet qui avait été d'astreinte tout le week-end. Ce dernier, après qu'ils se soient réunis dans le bureau de Loïc leur avait fait un résumé bref mais précis des derniers méfaits perpétrés dans la cité bordelaise : cambriolages, rixes dans les quartiers chauds, chauffards sous l'emprise de l'alcool.

— Bref, rien d'extraordinaire, la routine avait conclu le jeune homme en riant.

Plus tard dans la matinée les quatre officiers s'étaient réunis à huis clos avec plusieurs gradés des douanes pour mettre sur pied une stratégie commune. Pour le deuxième groupe, le plus important consistait à récupérer cette énorme quantité de drogue. Pour Loïc et ses hommes arriver à remonter la filière était d'une importance capitale. Il fallait impérativement arriver à concilier ces deux options en ménageant la susceptibilité des uns et des autres. Après plus d'une heure de discussion un accord avait été trouvé. Le premier acte très délicat revenait au service des douanes. Il leur faudrait repérer les containers suspects sans éveiller les soupçons et ensuite transmettre aux policiers : marque, couleur et immatriculation des véhicules qui en prendraient livraison. Le deuxième acte incomberait à l'équipe de Loïc que viendrait rejoindre un contingent de C.R.S venu de

Rennes. Ces derniers n'auraient connaissance de l'opération qu'au dernier moment pour éviter tout risque de fuite.

En début d'après-midi le directeur de la P.J avait rappelé au commandant Maudy qu'il allait être présenté, comme il est de coutume au début d'une prise de fonction, au préfet, au substitut du procureur et au juge.

Vers 16 heures, après avoir vérifié son nœud de cravate, Loïc avait pris l'ascenseur pour gagner la salle de conférences du dernier étage. Comme à chaque fois, Loïc se sentait un peu intimidé par cette réunion protocolaire à laquelle il n'était pas question de se soustraire. À son arrivée le juge Dandeau était déjà là. Une fois les présentations faites, l'homme au visage sévère et au maintien un peu guindé l'avait pris de court en l'accueillant chaleureusement avant de lui dire :

— Le juge Davillaud de La Rochelle est un ami de longue date. Pas plus tard qu'hier il me disait le plus grand bien de vous. Il m'a beaucoup parlé de vos qualités d'enquêteur.

— Oh vous savez monsieur le juge…

— Ne faites pas le modeste commandant !

Puis, après avoir jaugé une nouvelle fois son interlocuteur il avait ajouté :

— Je suis certain que nous allons faire du bon travail ensemble !

Loïc Maudy était aux anges car rien n'est plus désastreux qu'un manque d'entente entre la justice et les services de police.

Lorsque toutes les personnes attendues étaient arrivées le directeur s'était fendu d'un petit discours que Loïc avait apprécié en connaisseur. Une véritable pièce d'anthologie, avait-il pensé. Le directeur avait su avec doigté faire le panégyrique des différents corps d'état présents pour terminer dans une envolée lyrique :

— Nous sommes une grande famille dont le seul souhait est d'œuvrer pour le bien de la France.

Une heure plus tard après être repassé à son bureau, Loïc avait regagné son domicile.

*

Le lendemain matin en arrivant au commissariat Loïc avait été surpris en voyant le planton se précipiter vers lui le visage grave.

— Bonjour commandant, il y a deux appels pour vous ! Ça a l'air urgent !

Sans l'écouter davantage, dédaignant l'ascenseur, Loïc avait escaladé quatre à quatre les deux étages. Romain Barteau l'attendait dans son bureau.

— Bonjour Loïc. Je viens de recevoir un appel du commandant Litré. Il demande que tu le rappelles de toute urgence.

— Il ne t'a pas dit pourquoi ?

— Non, il m'a simplement dit que c'était très urgent.

Voyant que le commandant Maudy se saisissait de son téléphone, Romain avait ajouté :

— Il y a eu un autre appel de ton ami Nicolas Darrose. Il avait l'air affolé et lui aussi a insisté pour que tu le contactes au plus tôt.

Après avoir réfléchi quelques secondes Loïc avait décidé d'appeler Franck Litré en priorité. Dès que la communication avait été établie, avant qu'il ait pu dire un mot, Franck avait lancé précipitamment :

— J'ai de mauvaises nouvelles Loïc, je suis désolé. À huit heures ce matin j'ai reçu un appel téléphonique de Maria Villageau la gouvernante du château…

— Oui et alors ?

— Le père de ton ami Nicolas, Paul Darrose, a eu un accident ce matin. Il est tombé d'une hauteur de plusieurs mètres à la suite d'un glissement de terrain. J'ai aussitôt prévenu les secours et je me suis rendu sur place.

La gorge nouée Loïc avait interrogé son ami :

— Et ?

— Je suis désolé Loïc, les secours n'ont rien pu faire, Paul Darrose est mort sur le coup.

Abasourdi, Loïc restait silencieux tandis qu'il essayait de mettre de l'ordre dans ses idées.

— Allo, allo, répétait Franck Litré.

Reprenant ses esprits, Loïc, la voix blanche avait fini par lui répondre.

— Merci de m'avoir prévenu, je te rejoins sur place. Je serai là aussi vite que possible.

CHAPITRE IX

Romain Barteau avait insisté pour accompagner le commissaire.

— Loïc, tu es bouleversé cela n'arrangera rien si tu as un accident alors que tes amis comptent sur toi et que le commandant Litré t'attend. Laisse-moi t'accompagner, je conduirai.

Toute sirène hurlante ils avaient traversé Bordeaux, franchi la Garonne en empruntant le pont d'Aquitaine avant de prendre la voie rapide en direction de Libourne. Loïc était venu deux ou trois fois dans la belle demeure du père de Nicolas Darrose, à côté du petit village de Thiriac. Tandis qu'ils roulaient à vive allure, le magnifique paysage de l'Entre-Deux-Mers défilait sous le soleil matinal. Malgré son angoisse Loïc ne pouvait s'empêcher d'admirer les belles demeures en pierre blonde édifiées au sommet des collines dominant des vignobles au nom prestigieux, le pays de Montaigne avait-il pensé.

Tout à sa conduite, Romain respectait le silence de son chef. Il avait compris qu'il n'y avait rien à dire pour réconforter le commandant d'autant qu'il ne connaissait ni la victime, ni la famille et encore moins les amis du défunt.

La voiture venait de quitter la quatre-voies pour s'engager sur une route départementale qui desservait des villages et des lieux-dits aux noms poétiques. Au hasard d'une place ou d'une allée on pouvait apercevoir des églises ou des lavoirs.

— Tout paraît si paisible songeait Loïc. Dans un tel paysage on dirait que rien ne peut arriver de triste ou de dramatique… Et pourtant…

Les pensées de Loïc étaient revenues à leur point de départ.

— Mais bordel de merde qu'est-ce qui a bien pu se passer.

Toujours silencieux, Romain Barteau s'était engagé sur une petite route bordée de frênes et d'épineux. Plus haut sur une hauteur on devinait une vaste demeure dominant le paysage. Éclaboussée de soleil la gentilhommière se dressait fièrement au bout d'une allée de tilleuls.

Au commencement de l'allée, sur la droite la maison du contremaître qui avait vu naître Julien paraissait déserte. Sur la gauche, au bout d'un chemin empierré on apercevait au loin les chais de l'exploitation en partie masqués par un rideau de peupliers. Poursuivant sa route le véhicule roulait maintenant sur une allée gravillonnée toujours bordée de tilleuls centenaires. Au-delà des arbres d'immenses pelouses couvraient les pentes du coteau jusqu'aux premiers rangs de vigne. Des magnolias et des cèdres au feuillage bleuté conféraient au paysage une certaine majesté. Une centaine de mètres plus loin ils avaient franchi une magnifique grille ouvragée faisant suite à une balustrade servant à délimiter une cour d'honneur au centre de laquelle un jet d'eau glougloutait dans une fontaine.

Romain avait garé le véhicule à côté de ceux de la gendarmerie et des secours. Les gyrophares continuaient d'envoyer des signaux lumineux dans un profond silence seulement ponctué par les allées et venues des infirmiers et des policiers. La scène avait quelque chose d'irréel. Des jardinières fleuries, des bosquets de roses et de seringas se balançaient sensuellement dans la brise comme si la nature tentait à sa manière d'atténuer l'horreur du moment.

Loïc et Romain avaient échangé un regard, ils pensaient la même chose ; quoiqu'il arrive la nature reprend ses droits, elle meurt, elle renaît, elle est éternelle… elle…

Les apercevant Franck Litré était accouru vers eux en dévalant les marches du perron. Il avait l'air tendu.

— Vous avez fait vite, merci à tous les deux. Dès que j'ai appris le drame je t'ai appelé car après notre conversation de l'autre jour j'ai fait le rapprochement entre eux et toi.

— Tu as bien fait. Où sont Juliette et Nicolas ?

— Dans le grand salon en compagnie de Maria Villageau et de Mathilde qui était justement de passage à Libourne ce jour-là.

Tout en continuant de parler avec Franck, Loïc avait commencé à monter les marches du perron. Romain, qui était sorti de la voiture l'avait interpellé.

— Si tu es d'accord je vais t'attendre ici. Par discrétion et surtout parce que notre visite est simplement officieuse.

— Tu as raison, c'est le plus sage.

Franck et Loïc étaient ensuite entrés dans un vaste hall aux dalles noires et blanches. Tout de suite à gauche une porte à double battant s'ouvrait sur un salon dont les portes-fenêtres laissaient entrer des flots de lumière.

Deux canapés se faisaient vis-à-vis perpendiculairement au manteau d'une cheminée en marbre. Sur le premier, Nicolas était assis la tête dans les mains. À côté de lui, Juliette triturait un mouchoir tandis que de son autre main elle caressait la nuque de son mari. En face, sur l'autre canapé Mathilde, les traits tirés, semblait prostrée.

À l'entrée de Loïc, Juliette s'était levée avant de se jeter dans ses bras.

— Loïc !!! Merci d'être venu aussi vite, nous sommes complètement désemparés… Nous n'arrivons pas à réaliser.

Avant que Loïc ne lui pose la question elle avait murmuré :

— Nous avons appris la nouvelle à huit heures par Maria qui avait déjà prévenu les secours et la gendarmerie. Elle a ensuite prévenu Julien.

Au même moment ce dernier était entré en trombe dans la pièce, livide, les mâchoires et les poings serrés.

Les réactions des hommes face à la mort d'un être aimé sont décidément bien différentes avait pensé Loïc : de l'abattement au fatalisme, de l'acceptation à la colère, parfois à la rage pour certains. À l'évidence Julien faisait partie de ces derniers, il était de ces hommes qui vont de l'avant, bousculent les obstacles, font preuve de ténacité, mais qui, face à l'inévitable, admettent difficilement qu'ils sont impuissants. C'est alors la rage qui l'emporte et parfois le désir de trouver un responsable, un coupable comme exutoire à leur impuissance.

Malgré la gravité du moment Loïc avait eu un sourire intérieur.

— Mathieu serait fier de moi pour cette analyse !!!!

Ses yeux noirs lançant des éclairs, le nouvel arrivant s'était précipité vers Nicolas. Après s'être agenouillé, avec une délicatesse que l'on n'aurait pas soupçonnée chez lui, Julien avait relevé la tête de son ami avant de l'embrasser. Puis après lui avoir pris les mains entre les siennes, il l'avait interrogé.

— Je suis là… Que s'est-il passé ?

Avec effort Nicolas avait repris contenance, réconforté semblait-il par la présence de Julien.

— Comme il le fait tous les jours, père est allé se promener vers la petite tour de guet située au fond du parc en passant devant le cèdre qu'il aimait tant. Comme tu le sais, à cet endroit le sentier surplombe un dénivelé de plusieurs mètres. Il y a dû y avoir un glissement de terrain... il est tombé la tête la première sur les dalles qui entourent la piscine.

— Mais il n'a pas plu depuis des semaines avait murmuré Juliette avec lassitude.

— Justement... Depuis plus d'un mois il fait très chaud, trop pour la saison, le sous-sol a dû travailler s'était écrié Xavier Rudet qui venait d'entrer en trombe.

De loin Franck avait fait un geste de la main pour faire comprendre à Loïc qu'il voulait lui parler. Aussitôt ce dernier s'était dirigé vers le hall puis sur le perron où son ami l'avait précédé.

— Que se passe-t-il Franck, tu as l'air soucieux ?

— Je le suis Loïc, je le suis. Les hommes de la scientifique viennent de me dire que l'on ne peut écarter l'hypothèse d'un acte de malveillance et...

Interloqué Loïc avait pali, la voix atterrée il avait interrogé son ami.

— Qu'est-ce qui les a amenés à envisager cette possibilité ?

— En général lorsqu'il y a un glissement de terrain, la forme de la surface où les matériaux se sont déplacés est irrégulière en fonction de la plus ou moins grande friabilité du sous-sol.

— Et alors ?

— Eh bien dans le cas qui nous intéresse aujourd'hui la découpe de la portion de terrain qui a glissé est nette et régulière. De surcroît plusieurs pierres du mur de soutènement semblent avoir été volontairement descellées.

Conscient de ce que cela impliquait Loïc avait serré les poings avant de les enfoncer dans ses poches, puis il avait soufflé :

— Fais ce que tu dois faire Franck. Ne te laisse pas influencer par le fait que les personnes qui sont réunies ici font partie de mes amis.

Franck avait regardé Loïc avec soulagement.

— Tu me libères d'un grand poids, même si je savais au fond de moi que c'était ce que tu allais me dire.

— Rentrons, lui avait répondu Loïc. Je te laisse parler, ce n'est pas que je me dégonfle, mais toi tu es ici officiellement, moi non.

— Oui c'est d'accord, c'est bien comme ça que je l'entendais…

L'air grave, les deux hommes étaient entrés à nouveau dans le salon où les personnes présentes semblaient avoir retrouvé leur sang-froid. Maria avait préparé du café et en offrait à la ronde.

Juliette, Nicolas et Julien étaient assis dans l'un des deux canapés, Mathilde et son frère dans l'autre.

Après avoir toussoté, Franck s'était lancé.

— Je comprends votre chagrin et je vous présente mes sincères condoléances. Je suis un ami de Loïc et je vous promets de faire tout ce qui sera en mon pouvoir pour vous importuner le moins possible.

Six paires d'yeux le fixaient avec toute une palette d'expressions : lassitude, frayeur, chagrin, surprise…

Après s'être à nouveau raclé la gorge, Franck Litré avait poursuivi :

— Malheureusement les conditions de l'accident de monsieur Paul Darrose ne sont pas aussi claires que l'on aurait pu le penser au départ.

Développant ce qu'il venait de confier à Loïc, il les avait interrogés à brûle pourpoint.

— Est-ce qu'à votre connaissance monsieur Darrose avait des ennemis ?

Loïc qui s'attendait à un tonnerre de dénégations avait été surpris par le silence contraint qui avait suivi la question du commissaire Litré.

— Sans parler d'ennemis, ce qui peut vous paraître excessif, avait-il des adversaires professionnels ou des problèmes avec ses employés ?

Nicolas avait pris la parole le premier.

— Effectivement cela fait presqu'un an que nous recevons des lettres anonymes mais nous n'y avons accordé aucune importance.

— Vous n'avez pas porté plainte ou tout au moins prévenu la gendarmerie ?

— Non. Au début nous avons pensé à une blague de mauvais goût. Ensuite nous avons envisagé l'acte d'un déséquilibré ou d'un jaloux mais toujours sans nous en inquiéter plus que ça…

— Les avez-vous gardées ?

— Non, sauf la dernière. Se levant du canapé, Nicolas s'était dirigé vers un secrétaire dont il avait ouvert un tiroir. Se saisissant d'une enveloppe il l'avait tendue au commandant Litré. Ce dernier après l'avoir ouverte avait déplié une feuille sur laquelle était écrite une seule phrase composée avec des lettres découpées dans un journal :

Le moment de payer est venu, la roue tourne, tu n'en as plus pour longtemps.

Si Loïc était extrêmement surpris par ce qu'il venait d'apprendre, Franck quant à lui avait gardé un visage imperturbable.

— Est-ce que certains d'entre vous ont également reçu des lettres anonymes ?

Après un moment de flottement, de murmures embarrassés, de toussotements, ils avaient tous fini par reconnaître avoir reçu des lettres de menace ou tout au moins d'intimidation. Les motivations étaient différentes mais leur conception avec des lettres découpées dans un quotidien était identique.

Les messages menaçaient les femmes de dévoiler leurs mœurs dissolues et pour les hommes de rendre publique leurs turpitudes financières et sexuelles ou leurs manquements professionnels.

Loïc était littéralement abasourdi : en regardant ces six personnes qu'il avait connues et aimées des années plus tôt dans l'insouciance de la jeunesse, il avait peine à croire que tout ait pu changer à ce point. En face de lui il n'y avait plus que des inconnus, victimes, complices, coupables, il ne savait plus.

Franck Litré se rendant compte du désarroi de Loïc avait proposé, la voix courtoise mais ferme :

— Nous allons vous laisser à votre chagrin. Nous nous reverrons demain pour approfondir tout cela.

Puis après un petit silence qu'il avait mis à profit pour dévisager chacune des personnes présentes, il avait ajouté :

— Cela me faciliterait la tâche si vous apportiez une ou plusieurs des lettres que vous avez reçues.

Puis, un peu embarrassé mais ferme cependant, il avait ajouté dans le silence glacial qui avait suivi ses paroles :

— Je vous serais reconnaissant de bien vouloir noter par écrit vos déplacements de la veille et du matin de l'accident ainsi que les noms, prénoms et adresses de toutes les personnes travaillant sur le domaine.

Saluant l'assistance d'un bref signe de la tête Franck Litré était sorti en faisant comprendre à Loïc qu'il l'attendait à l'extérieur.

Loïc était resté silencieux pendant que Franck Litré avait parlé. Même s'il approuvait sans réserve ce qui venait d'être dit, il ne pouvait s'empêcher d'être blessé pour ses amis car il ne comprenait que trop bien ce qu'impliquait les directives de Franck... Parmi les personnes présentes il y avait peut-être un corbeau et un possible meurtrier.

Après avoir embrassé ses amis Loïc était sorti rejoindre Franck sur le perron.

En silence ils avaient descendu les marches, puis Franck avait accompagné son ami jusqu'à sa voiture en lui donnant des petites tapes amicales sur l'épaule.

— On s'appelle ce soir pour faire le point… Je pense que tu as besoin de réfléchir. Quant à moi je vais ouvrir officiellement une enquête.

Puis les deux hommes s'étaient quittés après une dernière accolade.

Sur le chemin du retour, Loïc avait apprécié la discrétion de Romain qui ne lui avait posé aucune question après qu'il ait pris place dans le véhicule. Comprenant cependant qu'il devait s'interroger sur ce qui s'était passé à l'intérieur du manoir, il lui avait résumé la situation le plus précisément possible. Romain avait sifflé entre ses dents :

— C'est triste pour tes amis, c'est une double peine, perdre un proche en sachant que ce n'est probablement pas un accident.

CHAPITRE X

D'avoir pu raconter à une oreille neuve le drame qui venait de se produire avait permis à Loïc Maudy de clarifier ses idées. À la fin de son récit, en lui-même, il s'était murmuré :

— Curieux quand même cette coïncidence. Je viens à peine d'arriver à Bordeaux que je reçois déjà une invitation pressante de la part de Juliette et Nicolas. À cette occasion je rencontre Paul Darrose en pleine forme avec des projets plein la tête. Trois jours plus tard on le retrouve mort au petit matin… et qui plus est d'une mort suspecte.

En fait, tout s'était passé comme dans une pièce de théâtre de boulevard : le commissaire vieil ami de la famille, perdu de vue depuis des années, réapparaît à l'occasion d'une soirée entre amis. Le dîner se déroule dans une apparente bonne humeur même si chacun des participants semble jouer un rôle. Toujours comme au théâtre, Paul Darrose fait une annonce pour le moins sibylline en révélant qu'il venait de prendre des décisions importantes mais qu'il était trop tôt pour qu'il en parle. Trois jours plus tard le même Paul Darrose décède dans des conditions plus que suspectes. Le rideau tombe, fin du premier acte.

— Vu sous cet angle, réfléchissait Loïc, l'invitation à dîner prenait un tout autre sens. Peut-être que ma présence était nécessaire ce soir-là pour une raison que j'ignore, il s'agissait peut-être d'une simple caution morale, indispensable au bon déroulement d'un éventuel deuxième acte.

Même si cette hypothèse était possible elle ne plaisait pas du tout à Loïc car elle sous-entendait évidemment qu'il avait été manipulé.

Soudainement il avait pensé à Mathieu.

— Tant pis pour sa sacro-sainte quinzaine de solitude. Ce sont des simagrées de petite fille, il est temps d'y mettre bon ordre, avait essayé de se convaincre Loïc avant d'ajouter avec une certaine mauvaise foi :

— D'ailleurs je suis certain qu'il serait furieux que je ne l'aie pas tenu informé des derniers évènements : c'est décidé, je vais l'appeler dès que j'aurai un moment.

De retour au commissariat, avec l'aide de Romain Barteau épaulé par les deux plus jeunes, ils avaient expédié les affaires courantes et préparé les dossiers de comparution immédiate.

À midi Loïc avait invité toute son équipe à déjeuner sur le pouce dans une cafeteria voisine du commissariat. Pendant cette pause, en discutant avec les uns et les autres il avait pu apprécier une nouvelle fois le professionnalisme de Romain et la bonne volonté prometteuse de Gaëlle et Arnaud.

— Décidément j'ai de la chance avait-il pensé en revoyant dans son souvenir le visage souriant et les yeux vifs de Hervé Massonnaud qui avait été son bras droit, presqu'un ami, pendant son intérim à Poitiers.

De retour au commissariat ils s'étaient remis au travail dans l'attente de la réunion hebdomadaire avec leurs homologues des douanes.

*

En fin de journée Franck Litré avait appelé Loïc pour s'inquiéter de son état d'esprit et le tenir informé de l'avancée de l'enquête.

Les hommes de la scientifique avaient isolé un large périmètre autour du lieu de l'accident. Ils avaient commencé à examiner le terrain centimètre par centimètre. À part un mégot dont on ne pouvait déterminer s'il était récent ou non ils n'avaient rien trouvé pour l'instant. À toutes fins utiles Franck Litré avait fait placer sous scellés le maigre indice trouvé au pied du cèdre.

Les premiers constats du médecin légiste montraient que Paul Darrose était tombé en arrière, c'est-à-dire en tournant le dos au dénivelé contrairement à ce que l'on avait pensé au départ.

— Peut-être qu'il a senti le sol bouger sous ses pieds et que dans un dernier réflexe il a tenté de s'éloigner…

— Oui, c'est possible, c'est même probable avait acquiescé Franck avant d'ajouter, à moins que son attention n'ait été attirée par quelque chose qui l'a amené à tourner le dos au vide.

— Nous retournerons demain matin à la propriété pour vérifier l'emploi du temps de tes amis, la veille et le matin de l'accident. Par la suite nous ferons la même chose avec les employés de l'exploitation, une dizaine de personnes environ. Si tu le désires tu peux venir nous rejoindre.

Sans hésiter, Loïc avait accepté.

Pour donner un aspect officiel à sa visite, il viendrait avec Arnaud Lovet. Le physique banal du jeune homme lui permettrait de passer inaperçu. De cette manière il remarquerait peut-être des détails qui par la suite se révéleraient importants pour l'enquête.

— Cela fait évidemment beaucoup de conditionnels avait réfléchi Loïc, mais on ne sait jamais.

Pendant ce temps Romain Barteau le remplacerait à la tête du service.

*

En fin de journée le commissaire était rentré directement à son appartement. En cours de chemin il avait acheté un sandwich, une salade et une canette de bière. Ce soir il n'avait le cœur ni de cuisiner ni d'aller au restaurant. Confortablement installé sur le canapé, il avait appelé sur Skype Claire et les enfants. Clara et Axel l'avaient bombardé de questions, sur l'appartement, la ville, les visites qu'il leur ferait faire.

Trois quarts d'heure plus tard Loïc s'était senti ragaillardi par cette immersion dans l'ambiance familiale qui lui manquait tant. À regret il avait fini par appuyer sur le mot fin.

Après avoir dîné frugalement, Loïc s'était installé devant le téléviseur. Pendant un moment il avait zappé d'une chaîne à l'autre sans arriver à trouver un programme qui retienne son attention. De guerre lasse il s'était résigné à se mettre au lit avec le roman qu'il avait commencé quelques jours plus tôt.

Vers 22 heures il avait entendu son téléphone. En voyant le nom du correspondant Loïc avait souri, c'était Mathieu Guérin.

— Bonsoir vieux chenapan, tu as une insomnie et tu cherches de la compagnie avait-il commencé en riant.

Riant à son tour, Mathieu lui avait avoué qu'il avait longuement hésité avant de l'appeler.

— Pourquoi ? Tu sais bien que tu ne me déranges jamais !

— Oui je le sais, c'est d'ailleurs réciproque. Non, j'ai hésité car ce que j'ai à te dire risque de ne pas te faire plaisir…

— ?

— Je voulais te parler de la soirée de samedi dernier chez Juliette et Nicolas Darrose.

— Tu t'es ennuyé je parie… Je suis désolé Mathieu.

— Non ce n'est pas ça. Lorsque tu m'as invité mon premier réflexe a été de refuser.

Puis j'ai réalisé tout ce que cette proposition venant de toi avait d'étrange. Tu savais très pertinemment que ça n'était pas une période où j'accepte avec plaisir de me laisser distraire de mon objectif de repos et de méditation. Quelle raison impérieuse avait bien pu te pousser à m'inviter. Au vu des circonstances j'ai compris que tu redoutais de retrouver des amis de jeunesse après une aussi longue absence. Consciemment ou non je pense que tu espérais qu'après ce dîner je te donnerai mon ressenti sur tes copains d'autrefois. Je me trompe ?

— Non, tu as raison. Ce n'était pas aussi clair dans mon esprit mais je sentais que ta présence était importante. Mes amis auraient probablement changé mais le plus important c'est que moi j'avais changé et ça, je le savais.

— Bref, l'avait interrompu Mathieu, au début de la soirée j'ai pensé que nous allions passer un moment sympathique, qui en définitive serait pour moi un intermède agréable.

— Et ensuite ? L'avait questionné Loïc avec un intérêt grandissant.

— C'est là que ça se complique… Les impressions que je vais te livrer sont subjectives… J'ai même pensé un moment qu'elles étaient le fruit de mon imagination exacerbée par mon état de fatigue. Mais il n'y avait rien à faire, ce que j'avais ressenti était bien réel.

— Bon allez Mathieu, accouche !

À la grande surprise de Loïc son ami lui avait répondu :

— J'ai ressenti une impression de gêne, un manque de naturel un peu théâtral, aussi bien dans les démonstrations d'affection du début que dans les conversations par la suite… J'ai même eu l'impression à certains moments qu'une menace planait sur l'assemblée.

— Tu me sidères Mathieu, s'était écrié Loïc, j'ai ressenti exactement la même chose. Je n'osais pas t'appeler pour t'en parler mais j'espérais bien que tu le ferais.

Probablement étonné à son tour Mathieu avait gardé le silence. Reprenant la parole Loïc avait lancé en riant :

— Avec toi j'ai été à bonne école… J'espère que tu es fier de moi.

Puis sans laisser le temps à son ami de lui répondre, Loïc avait ajouté :

— Et encore tu ne connais pas la suite !! Tu te souviens de Paul Darrose, le père de Nicolas ? Il est décédé ce matin de manière accidentelle. Les premiers éléments de l'enquête semblent montrer qu'il s'agit d'un acte de malveillance, voire d'un assassinat…

Mathieu avait ensuite écouté le récit de Loïc sur les circonstances de l'accident. Il avait seulement sifflé entre ses dents à la fin de l'histoire.

— Donc toi et moi nous ne sommes pas le jouet de notre imagination... Il se passe quelque chose de pas clair dans ton petit groupe d'amis.

— À mon grand regret je dois te donner raison Mathieu... Il se passe quelque chose et pour une raison que j'ignore quelqu'un veut m'y faire jouer un rôle.

— Oui, je le pense aussi... Ma venue et surtout ma profession ont dû provoquer l'inquiétude d'un ou plusieurs convives.

Avant de couper la communication Mathieu avait surpris son ami en lui demandant :

— Surtout tiens-moi au courant, cette histoire m'intéresse, d'autant que je ne t'ai pas tout dit.

— Mais, avait commencé Loïc.

— Non, n'insiste pas, je ne te dirai rien, du moins pour le moment. Je ne veux pas influencer ton enquête, qu'elle soit officielle ou officieuse, par des considérations trop subjectives.

Ils avaient ensuite échangé des nouvelles de leurs proches. Puis sur une dernière promesse de Loïc de le tenir informé, Mathieu avait raccroché.

CHAPITRE XI

Le lendemain matin à huit heures le commandant Maudy accompagné d'Arnaud Lovet avait pris la route de Libourne. Comme la veille le temps était splendide, la brise enivrée de parfums printaniers caressait doucement les fleurs et les buissons des bas-côtés. Fatigué par les émotions de la veille, Loïc avait laissé le volant à Arnaud. À cette heure de la matinée le trafic était dense mais le jeune policier qui avait allumé le gyrophare était parvenu à franchir la Garonne en un temps record. Arrivés sur la quatre-voies, la circulation était plus fluide.

Moins angoissé que la veille Loïc avait profité de son rôle de passager pour admirer à nouveau le magnifique paysage de l'Entre-deux Mers. Pendant son année universitaire il avait surtout visité le littoral et la région du Médoc. Plusieurs fois ses amis l'avaient entraîné pour faire la route des vins. Loïc se souvenait avec émotion de ces randonnées à vélo au milieu des vignes et des forêts, circuits ponctués par la visite des nombreux châteaux où ils faisaient halte. C'était grâce à Cécile et Nicolas qu'ils avaient pu avoir droit aux visites des chais avec au final une dégustation des précieux nectars. Le père de la jeune fille tout comme celui du jeune homme étaient très connus et unanimement appréciés dans le milieu vinicole. Évidemment cette notoriété ouvrait bien des portes…

À l'occasion des anniversaires de l'un ou de l'autre de ses amis Loïc avait franchi la Garonne pour se rendre chez le père de Cécile ou chez celui de Nicolas. Il se souvenait de demeures somptueuses au milieu d'immenses étendues de vignes. À l'époque il avait dû trouver cela très beau, mais sans plus y penser, probable ingratitude de la jeunesse qui pense que le bonheur est un abonnement à reconduction tacite qui va durer toute la vie.

Bientôt quadragénaire, Loïc même s'il était heureux avec une femme et des enfants qu'il aimait par-dessus tout, avait dû faire face à des épreuves familiales douloureuses. Son métier en outre lui avait fait côtoyer les plus grandes détresses, les pires turpitudes, les vices les plus odieux. Même si les femmes et les hommes qui y sont confrontés essaient de se persuader qu'il s'agit là d'un autre monde, ils savent cependant qu'il existe et qu'il éclabousse de boue tous ceux qui s'en approchent.

Il faut vieillir pour comprendre que le bonheur est fragile et qu'il faut savoir en jouir dans l'instant sans faire la fine bouche, avait conclu Loïc à la fin de sa méditation silencieuse.

Il était bien conscient que ce décor si beau soit-il n'en dissimulait pas moins des arrières plans beaucoup plus sombres. Dieu sait combien de drames s'étaient noués à l'ombre de ces coteaux ensoleillés. S'il en était besoin, la tragédie que vivaient Nicolas, Juliette, Julien et tous ceux qui avaient aimé Paul Darrose en était la preuve.

Loïc savait que la journée promettait d'être difficile. Le rôle de méchant serait tenu avec courtoisie mais rigueur par le commandant de gendarmerie. Mais cela n'empêchait pas Loïc d'être blessé à l'idée de devoir imaginer ses amis comme de possibles suspects. Sa présence amicale arrondirait probablement les angles mais il avait bien conscience qu'une fois le meurtre élucidé leurs relations ne seraient plus jamais les mêmes.

Arnaud venait de ralentir avant de s'engager sur le chemin bordé de tilleuls et de marronniers en fleurs. Lorsque le jeune homme dans une dernière manœuvre avait garé le véhicule à côté de celui de la gendarmerie, Loïc avait réalisé qu'il n'avait pas vu le temps passer.

Frank Litré les attendait déjà au pied du perron. En réponse au regard de Loïc, il avait répondu la voix grave mais amicale :

— Ne t'inquiète pas, vous n'êtes pas en retard, nous venons d'arriver… À peine quelques minutes avant vous.

Les trois hommes étaient entrés de concert dans le hall puis dans le salon. Tout le monde était là. Comme la veille, Juliette, Julien et Nicolas étaient assis dans l'un des canapés, Mathilde et son frère dans l'autre. Debout devant la cheminée, Maria regardait avec tristesse Julien et Nicolas, ses deux garçons. Elle avait disposé sur la table basse des tasses avec un grand pot de café.

Après avoir embrassé ses amis Loïc s'était installé dans un fauteuil un peu en retrait. Cette position permettait de clarifier la situation, il n'était là qu'en tant qu'observateur et ami de la famille. Le rôle d'enquêteur incombait au seul commandant de gendarmerie.

Sur une chaise située à égale distance des deux canapés un gendarme était déjà installé, son ordinateur sur les genoux prêt à consigner les dépositions.

Franck Litré avait commencé par Nicolas Darrose, le fils de la victime.

— Pouvez-vous nous donner vos noms, prénom, date de naissance et adresse s'il vous plaît.

Aux questions suivantes Nicolas avait répondu avec lassitude mais précision. Oui il était venu avec Juliette, son épouse, pour le déjeuner dominical habituel. Après le repas, il était sorti dans le parc. Il avait emprunté le même chemin, que son père deux jours plus tard, sans rien remarquer d'anormal. À son retour dans la maison il avait croisé Julien. Ce dernier, accompagné de Mathilde, s'était invité pour le café. Vers seize heures trente Nicolas et son épouse étaient repartis vers Bordeaux.

Le lundi il avait quitté son appartement de bonne heure pour aller jusqu'aux entrepôts du cru familial à la sortie de Libourne. Cette visite bimensuelle lui permettait de vérifier les stocks et de compiler les divers documents nécessaires à la comptabilité.

En fin de matinée il était venu déjeuner avec Maria Villageau et son père. Après le repas il avait à nouveau parcouru le sentier qui mène à la tour de guet, toujours sans rien remarquer de particulier. À son retour, juste avant qu'il ne reparte, il avait croisé Xavier Rudet qui ramenait le quatre-quatre de son père sur lequel venait d'être effectué le contrôle habituel. À la question de Nicolas lui demandant s'il désirait que ce dernier le ramène à Bordeaux, il avait répondu :

— Je te remercie mais cela ne sera pas nécessaire. Mathilde est allée déjeuner chez une amie à Libourne et elle doit passer me récupérer vers quinze heures.

— J'ai ensuite embrassé Maria et mon père, avait poursuivi Nicolas, avant de m'en aller. C'est la dernière fois que je l'ai vu vivant avait-il conclu la gorge nouée.

Les interrogatoires des autres protagonistes avaient confirmé ce que Nicolas venait de dire. Cela avait cependant permis de préciser les horaires des différentes allées et venues des cinq personnes concernées.

Quand était arrivé le tour de Julien, il avait lancé l'air sombre :

— Je suis le dernier de nous cinq à l'avoir vu vivant.

Avant que la question ne lui soit posée, il avait poursuivi :

— Lundi en fin d'après-midi je suis venu à la propriété pour apporter les médicaments que ma mère m'avait demandés. Sur l'insistance de Paul je suis resté dîner avec eux.

— Vous êtes reparti à quelle heure ?

— Vingt heures trente environ… Puis après un petit silence :

— Avant de monter dans ma voiture je me suis avancé dans le parc vers le buisson de seringa et j'en ai cueilli une branche. De cet endroit je voyais très nettement le sentier en léger contrebas… Je n'ai rien remarqué de particulier.

À la fin des interrogatoires qui avaient duré pratiquement toute la matinée, le commandant de gendarmerie s'était levé. Après les avoir remerciés pour leur coopération et leur compréhension, il avait ajouté la voix neutre, comme s'il s'agissait d'une simple formalité sans importance :

— Prévenez-moi au cas où vous seriez amenés à quitter la région pour raisons professionnelles ou autres.

Après un petit silence pour que chacun s'imprègne bien de ce qu'il venait de dire, il avait poursuivi :

— Nous reviendrons cet après-midi pour interroger vos employés monsieur Darrose.

Vers quatorze heures trente si cela vous convient. Sans attendre la réponse, il avait terminé sa phrase en disant :

— Nous nous retrouverons devant les chais. Inutile de venir déranger les personnes non concernées.

*

Déclinant l'invitation de Nicolas de se joindre à eux pour le déjeuner, Loïc, suivi d'Arnaud avait rejoint Franck au bas du perron.

— Valérie nous a préparé un repas froid, car je ne savais pas combien de temps il nous faudrait pour interroger tout le monde.

Un peu embarrassé, Arnaud avait accepté avec un plaisir non dissimulé. Pouvoir partager un moment d'intimité avec deux hommes qu'il admirait le remplissait de fierté.

De son côté Loïc avait apprécié en connaisseur la discrétion et la neutralité de son jeune collaborateur. Pendant les trois heures qu'avaient duré les interrogatoires Arnaud était resté silencieux, l'air absent. Les rares fois où Loïc avait croisé son regard, il avait compris que le manque d'intérêt de celui-ci n'était qu'apparent. Son regard vif montrait qu'il avait mobilisé toutes ses facultés pour écouter, analyser, trier la moindre parole ou la moindre expression des personnes présentes.

Pendant le déjeuner, les trois hommes, d'un commun accord, avaient décidé de s'octroyer quelques instants de répit en évitant de parler de l'affaire en cours.

Après avoir donné des nouvelles de Claire et des enfants, Loïc avait confirmé leur venue pour le week-end de Pentecôte. Les enfants de Franck, Maxime et Justin ne se tenaient plus de joie à l'idée de retrouver leurs copains de jeux des dernières vacances.

Le repas froid préparé par Valérie Litré les avait rapidement rassasiés. Après le café les trois hommes l'avaient remerciée avant de se lever comme un seul homme pour rejoindre le petit village de Thiriac.

À leur arrivée Nicolas, qui les attendait, les avait entraînés à l'intérieur des bâtiments. Loïc avait été impressionné par la hauteur et l'étendue de la première partie des chais. Une rangée d'énormes foudres se dressait de part et d'autre de l'allée centrale qui menait vers le second local dédié à la mise en bouteille et au conditionnement. Par la suite les caisses ainsi préparées étaient acheminées dans les entrepôts de Libourne. De là elles seraient expédiées en France comme à l'étranger.

Dans l'allée du premier bâtiment, un groupe de dix hommes se tenait debout, l'air gauche, intimidés tout autant par les uniformes des gendarmes que par la gravité de la situation.

Huit d'entre eux habitaient le village de Thiriac. Leurs parents et grands-parents avaient travaillé avant eux sur l'exploitation à l'époque du grand-père et de l'arrière-grand-père de Nicolas.

Les deux plus jeunes quant à eux avaient leur famille à Bordeaux. Paul Darrose avait mis à leur disposition deux chambres aménagées à l'extrémité des bâtiments.

Le fastidieux travail d'identification civile et domiciliaire avait duré une partie de l'après-midi, sans que les questions posées aux personnes interrogées apportent un nouvel éclairage sur les circonstances du drame.

Du coin de l'œil Loïc avait remarqué qu'Arnaud s'était éloigné pour entamer une conversation animée avec un jeune homme qui devait avoir à peu près son âge. De loin il les avait entendus rire tandis qu'Arnaud caressait la moto flambant neuve de son interlocuteur.

Quelques instants plus tard il avait rejoint Loïc et s'était installé derrière le volant.

CHAPITRE XII

Sur le chemin du retour Loïc Maudy avait demandé à son jeune collègue de lui donner son avis sur les interrogatoires de la matinée et sur ceux de l'après-midi.

Arnaud Lovet avait réfléchi quelques secondes avant de répondre :

— Comme vous l'avez sans doute remarqué, chef, je me suis fait le plus discret possible au point, du moins je le pense, de faire oublier ma présence.

— Oui, J'ai remarqué et apprécié, c'était du grand art… As-tu noté quelque chose ?

— Oui, le plus important c'est lorsque vous avez demandé ce que la victime avait voulu dire le samedi précédent, lorsqu'il avait parlé de projets qu'il était en train de mener à leur terme, mais qu'il préférait n'en parler que plus tard.

— Oui et alors ? L'avait interrompu Loïc, tous à l'unisson ont répondu qu'ils n'en savaient rien.

— Oui c'est exact, mais à ce moment-là j'ai remarqué un éclair de surprise dans les yeux de madame Villageau.

— Tiens, tiens, tiens, avait soupiré Loïc, il faudra que j'en parle à Franck... Cette bonne Maria doit savoir quelque chose... À part cela as-tu remarqué un autre détail ?

— Rien de vraiment probant, si ce n'est que les deux jeunes femmes avaient l'air effrayé.

— Oui, je l'avais remarqué moi aussi... D'un autre côté, comment ne pas l'être ? Étant donné qu'il s'agit d'un meurtre, cela implique un coupable en liberté dont on ne connaît ni les motivations ni les intentions. Est-ce le début d'une vendetta dont on ne connaît pas l'objet ? On peut le craindre...

— Oui, vous avez certainement raison chef... Par contre l'après-midi j'ai appris quelque chose de beaucoup plus intéressant...

— Ah oui, raconte-moi...

— Vous avez peut-être remarqué que j'étais en grande discussion avec l'un des jeunes qui logent sur la propriété.

— Oui, effectivement je vous ai vu rire ensemble en tournant autour de sa moto.

— Pendant les interrogatoires j'avais noté ses regards anxieux tandis qu'il attendait son tour. Puis, voyant que les choses se déroulaient dans le calme grâce au professionnalisme du commandant et de ses hommes, il avait rapidement repris contenance. Quand son tour est arrivé, il avait retrouvé toute sa superbe. D'ailleurs, il ne nous a rien appris. Une fois sa journée de travail terminée, il avait décidé de faire une balade sur sa moto. À aucun moment il n'était remonté vers la maison de maître.

— Donc, là aussi, rien pour faire avancer notre enquête...

— Si justement, enfin indirectement... Vous ne le savez probablement pas chef, mais je suis passionné de moto. En arrivant cet après-midi, j'avais remarqué le superbe engin garé sur le parking, en me demandant qui pouvait en être l'heureux propriétaire. Quand j'ai compris qu'elle appartenait à Justin Brillouet, le jeune homme dont j'avais noté la fébrilité, j'ai décidé de faire « copain-copain » avec lui comme le font deux mordus de deux roues.

— Pas mal Arnaud, pas mal et qu'as-tu donc appris ?

— Il m'a confié qu'il l'avait achetée quelques semaines auparavant. À vue de nez, cela représente huit à neuf mois de mon salaire… Surprenant non, pour un simple ouvrier agricole ?

— Oui, effectivement…

— Ne vous inquiétez pas chef, j'ai mémorisé son nom, prénom, date et lieu de naissance. Dès demain matin, je vais rentrer toutes ces données dans l'ordinateur. Je vous tiendrai au courant.

Une fois le véhicule garé sur le parking du commissariat, les deux hommes s'étaient séparés pour regagner leur domicile.

Loïc avait dîné tranquillement dans un restaurant italien de la Place Gambetta. Pas du tout pressé de rentrer chez lui, il avait décidé de flâner un peu en descendant le cours de l'Intendance puis celui du Chapeau Rouge. En arrivant sur les quais de la Garonne, il s'était arrêté pour observer un navire de croisière en train d'entamer sa manœuvre d'accostage, au même moment il avait senti vibrer son téléphone. Bien que le numéro ne lui dise rien, il avait décidé de répondre. Aussitôt, il avait reconnu la voix de Juliette.

— C'est Juliette, excuse-moi de te déranger aussi tardivement, mais je suis inquiète, il faut absolument que je te voie…

Un peu désorienté, Loïc avait répondu :

— Tu ne me déranges pas Juliette. Si tu veux, passe me voir au commissariat demain matin vers dix heures et…

— Non, pas au commissariat. Si tu es libre demain à midi, viens déjeuner à l'appartement. Nicolas sera absent toute la journée car il doit aller à la propriété pour organiser avec Maria les funérailles de Paul. Nous serons plus tranquilles pour discuter.

— C'est d'accord, demain vers douze heures trente ?

— Ce sera parfait. Merci Loïc, je suis désolée mais il faut absolument que je te parle.

Pensivement Loïc avait remis son téléphone dans sa poche.

— Qu'est-ce que Juliette peut bien avoir à me dire, s'était-il murmuré.

CHAPITRE XIII

Le jeudi matin, vers dix heures, le commandant Maudy s'apprêtait à rejoindre son équipe pour faire une pause autour de la machine à café lorsque le standard lui avait transmis un appel en provenance de la gendarmerie de Libourne. Après avoir décroché Loïc avait entendu la voix de Franck Litré.

— Bonjour Loïc, je viens de quitter la propriété où j'étais venu ce matin pour interroger à nouveau Maria Villageau. L'observation qu'avait fait ton jeune collaborateur pouvait laisser à penser qu'elle ne nous avait pas tout dit.

— Et c'est le cas, je me trompe ?

— Non, c'est vrai. J'ai appris des choses qui vont certainement t'étonner. Tu devrais t'asseoir…

Franck Litré avait alors commencé l'étrange récit d'un secret de famille bien gardé.

— Une fois Maria Villageau mise en confiance, je lui ai demandé si elle n'avait rien à ajouter à la déclaration que je lui avais fait signer la veille. Avec une apparente sincérité, elle m'a répondu qu'elle ne voyait pas ce qu'elle aurait pu oublier.

Sans laisser le temps à Loïc de l'interrompre, il avait poursuivi :

— Sans vergogne, je me suis approprié l'observation de ton jeune collaborateur en lui disant :

— Vous avez paru surprise lorsque les personnes présentes ont répondu à l'unisson qu'ils ignoraient quelle était cette nouvelle que Paul Darrose devait annoncer prochainement.

— Loïc écoutait attentivement les paroles de son ami sans oser l'interrompre.

— Sur le moment elle s'est troublée puis elle m'a répondu que c'était exact mais qu'elle n'avait rien dit car elle ne voyait pas quel rapport cela pouvait avoir avec la mort de Paul Darrose.

En riant Loïc avait lancé au commandant Litré :

— À ce moment-là tu as pris ta grosse voix et tu lui as répondu : « Permettez-moi madame d'en juger ».

Après avoir ri à son tour, Franck avait répondu :

— Exactement. Elle m'a alors raconté une longue histoire qui remonte à bientôt quarante ans. Bien entendu j'ai enregistré notre conversation et je vais te la faire écouter.

Lorsque l'enregistrement avait commencé, c'était Maria qui parlait :

— Je venais d'accoucher de Julien lorsque quelques semaines plus tard, Léa, l'épouse de Paul avait donné le jour à Nicolas. De faible constitution, elle ne pouvait l'allaiter. À la demande du couple, j'ai donc nourri les deux enfants…

— Oui, mais je ne vois pas…, avait tenté Franck Litré.

— Oui, excusez-moi commandant, je réfléchissais simplement à la manière dont j'allais vous raconter la suite pour que vous ne me jugiez pas trop sévèrement…

— C'est si grave que cela ?

— Oui et non avait souri Maria.

— En fait, Paul est le père de Julien. Nicolas et lui ne sont pas seulement frères de lait, ils le sont aussi génétiquement parlant. Ils ont le même père, Paul Darrose.

Léger hoquet de Franck Litré témoignant de sa surprise.

— Il faut replacer ces événements dans leur contexte. À cette époque-là nous traversions tous les deux une période pénible. Paul avait une existence sans joie entre une épouse toujours malade et les soucis que peut apporter la gestion d'une entreprise importante. De mon côté, je n'étais pas heureuse non plus. Pour mon mari, seul son travail avait de l'importance… j'avais l'impression d'être devenue transparente, même si je savais qu'à sa manière il m'aimait. Bref nous avons eu un moment de folie…

À la suite d'un petit silence, Maria avait murmuré :

— Quand j'ai avoué à Paul qu'il était le père de Julien, il a tout de suite accepté ma proposition de garder cela secret pour épargner nos conjoints. Lui aussi aimait sa femme. En grandissant, Julien ressemblait de plus en plus à son père, du moins en ce qui concerne sa personnalité, courageux, presque téméraire, généreux, affectueux… Paul l'adorait et c'était cruel pour lui de devoir le cacher. Paradoxalement, je m'étais énormément attaché à Nicolas que je sentais plus fragile, mais dont la douceur et la tendresse m'émouvaient…

— Personne n'était au courant ?

— Personne… Quelques années plus tard, Léa est décédée, emportée par une pneumonie. C'est donc moi qui ai élevé les deux enfants.

La voix un peu lasse Maria avait poursuivi son récit :

— Mon mari est décédé il y a huit ans des suites d'un AVC. À ce moment-là je suis venue vivre au château et un nouveau contremaître est venu s'installer dans la maison que nous occupions avec mon mari. Maintenant Paul et moi nous étions libres. Tout naturellement nous avons vécu comme mari et femme les années qui ont suivi. Personnellement la situation me convenait, je vivais avec l'homme que j'aimais… je ne demandais rien d'autre.

— Que s'est-il passé ensuite, l'avait interrogé Franck Litré, persuadé qu'il devait y avoir une suite.

— Paul a commencé à avoir de petits problèmes de santé, sans gravité mais l'obligeant à se ménager. Pour quelqu'un d'actif comme lui, c'était très dur à accepter. C'est à ce moment qu'il a commencé à s'inquiéter de ce que je deviendrais s'il venait à disparaître. Il voulait absolument que nous nous mariions et il désirait également reconnaître officiellement

Julien. Personnellement j'y étais tout à fait opposée.

Puis un peu tristement elle avait ajouté :

— Paul était un homme à qui on ne pouvait résister très longtemps. Il y a un an que nous nous sommes mariés sans en parler à quiconque. Par contre je continuais à refuser catégoriquement qu'il reconnaisse Julien. J'avais peur que cela blesse Nicolas.

— Bien sûr il n'a rien voulu entendre avait soufflé le commandant Litré.

— C'est exact… Quand il avait une idée en tête… Bref, quelques jours plus tard Je l'ai vu revenir de Bordeaux le visage rayonnant, « Tu vois Maria, je connais mieux mon fils que toi m'a-t-il dit, je viens de parler à Nicolas, il est très heureux pour nous deux. En ce qui concerne Julien, il m'a dit en riant que cela nc changerait pas grand-chose pour lui, car il avait toujours considéré celui-ci comme son frère ».

— Je lui ai ensuite demandé si Nicolas avait bien compris les conséquences financières que cela allait entraîner. Il m'a aussitôt répondu : « Oui, et là aussi Nicolas ne m'a pas déçu en me répondant que ce que j'avais décidé était juste ».

— Mais, pour Julien avait commencé Franck Litré.

— Paul m'a alors mise au pied du mur : « J'ai pris mes responsabilités Maria, à toi maintenant de régler la situation avec Julien ».

— Comment cela s'est-il passé ?

— Mieux que je ne le pensais. Julien, même s'il aimait Pierre, l'homme qui l'avait élevé, avait peu d'affinités avec lui… Par contre depuis son plus jeune âge il avait toujours eu beaucoup d'affection pour Paul. Le premier étonnement passé, il m'a embrassée et assuré qu'il était content de me savoir heureuse… Curieusement, il a eu la même réponse que son frère lorsqu'il m'a dit en souriant : « De toutes les manières Nicolas a toujours été le frère que je n'avais pas eu ».

— Donc, si je comprends bien, Julien, Nicolas et probablement Juliette étaient au courant ?

— Oui, ils étaient au courant tous les trois, Mathilde et Xavier aussi, du moins je le suppose… Par contre nous ne leur avions encore pas dit que nous nous étions mariés.

— Cela a dû vous soulager non ?

— Oui, j'étais soulagée, surtout pour Nicolas… Il a été tellement éprouvé par la mort de Cécile qu'il adorait.

— Oui je comprends, avait répondu Franck qui pour rien au monde n'aurait voulu interrompre les confidences de Maria.

— Pour nous tous cela a été terrible avait ajouté Maria. Paul l'aimait comme sa propre fille, d'ailleurs il en était le parrain.

— Ah bon !...

— Le père de Cécile, Marc Romelet et Paul, même si d'une certaine manière ils étaient en concurrence, s'entendaient très bien. Depuis des années ils entretenaient des liens amicaux. Le mariage de leurs enfants les avait comblés.

Un petit silence avait suivi, le temps probablement que Maria reprenne le fil de ses souvenirs.

— Ce qui était émouvant, c'était de voir à quel point Cécile et Nicolas s'aimaient. Jamais la maison n'avait autant retenti de rires. Depuis que Cécile lui avait appris qu'elle attendait un enfant de lui, Nicolas ne savait plus quoi faire pour lui faire plaisir. Le matin précédant son départ pour Bordeaux, Cécile s'était levée vers neuf heures. Elle était radieuse et elle avait chantonné en prenant son petit déjeuner. Lorsque je lui avais demandé ce qui la rendait si joyeuse, elle m'avait répondu : « Je vais te le dire Maria mais promets-moi de garder le secret. J'ai réservé un séjour à Monaco pour le Grand Prix. Tu sais à quel point Nicolas en avait envie. Ce matin je vais à Bordeaux pour régler les dernières formalités avec l'agence de voyages. » Elle était si heureuse…

— Oui, c'est encore plus terrible avait répondu sobrement le commandant de gendarmerie.

— Sans Juliette je ne sais pas ce que nous serions devenus, avait poursuivi Maria. Elle a été admirable. Pendant plus d'une année, elle s'est partagée entre Marc, le père de Cécile, et Nicolas, tous les deux inconsolables. Après la mort de Marc Romelet, Juliette et Nicolas se sont rapprochés et deux ans plus tard ils se sont mariés. Paul était très reconnaissant à Juliette d'avoir redonné le sourire à son fils et surtout de le rendre heureux.

À ce moment-là de l'enregistrement, Franck avait commencé à remercier Maria Villageau quand il s'était interrompu, probablement intrigué par le silence de son interlocutrice.

— Vous savez que vous ne devez pas me cacher quoi que ce soit qui puisse entraver la bonne marche de l'enquête !!!

— Oui je le sais, avait-elle répondu. Il y a effectivement quelque chose de troublant…

— Je vous écoute madame

— Il y a un peu plus d'un mois Paul est revenu de Libourne l'air très contrarié. Quand je dis contrarié, en fait c'est un euphémisme, il était décomposé et visiblement choqué. Pendant un jour ou deux, il s'est muré dans le silence et refusait de répondre à mes questions. Un matin il m'a dit qu'il avait un rendez-vous important à Bordeaux dans le milieu de l'après-midi. Me voyant inquiète, il m'a aussitôt rassurée en m'assurant que cela n'avait rien à voir avec sa santé.

— Et que s'est-il passé ensuite avait amorcé Franck Litré.

— À son retour, il était livide et plus sombre que jamais. Après le dîner, il m'a dit : « Il faut que je te parle Maria, c'est très grave, je suis certain que la mort de Cécile n'est pas accidentelle ».

— Ce n'est pas possible !!! S'était écrié le commandant de gendarmerie.

— Moi aussi, j'étais à la fois sidérée et atterrée. Je lui ai aussitôt demandé pourquoi si longtemps après il s'était inquiété de l'accident qui avait coûté la vie à Cécile. Il m'a répondu qu'une semaine auparavant il avait découvert quelque chose d'ignoble. Le jour où il était allé dans les entrepôts de Libourne.

— Qu'est-ce qu'il avait découvert ?

— Il n'a jamais voulu me le dire en m'assurant que cela pourrait me mettre en danger.

— En danger ? S'était écrié Franck Litré.

— Oui, c'est le mot qu'il a employé. Le plus étrange, c'est que le lendemain en ouvrant le journal il s'est exclamé : « Devine qui vient d'être nommé à Bordeaux, Maria… Loïc Maudy… C'est la première bonne nouvelle depuis ces quinze derniers jours ». Évidemment je l'ai interrogé pour savoir en quoi il s'agissait là d'une bonne nouvelle. Il m'a répondu : « C'est peut-être la seule chance qu'il me reste pour arrêter ce qui est en train de se préparer ». Après un silence, il a ajouté : « Même si cela va être extrêmement pénible, je dois tout faire pour protéger Nicolas ». Malgré mes supplications il n'a pas voulu m'en dire plus… C'est à la suite de cette conversation qu'il a pris la décision irrévocable de reconnaître Julien et de prévenir tout le monde de notre mariage.

L'enregistrement s'arrêtait à la fin de cette phrase.

Loïc qui avait écouté avec attention et un étonnement grandissant les confidences de Maria Villageau avait siffloté avant de s'écrier :

— Pour un scoop, c'est un scoop ! Mais pourquoi bon dieu ont-ils tous nié connaître les intentions de Paul Darrose ?

Calmement Franck lui avait répondu :

— Il peut y avoir un tas de bonnes ou mauvaises raisons… Réfléchis à tout ce que tu viens d'apprendre et nous en reparlerons plus tard.

Sur ces sages paroles il avait raccroché.

À la suite de ce long intermède riche en rebondissements, Loïc était resté pensif de longues minutes.

Après s'être secoué il avait regardé l'heure. Il était tout juste midi, il allait devoir prendre le chemin de l'appartement de Juliette car il avait l'intention d'y aller à pied. Cela lui permettrait de réfléchir.

CHAPITRE XIV

Une demi-heure plus tard Loïc était arrivé devant l'hôtel particulier de Nicolas. Le rez-de-chaussée était occupé par les locaux de la société de Paul Darrose. L'adresse, prestigieuse, servait de vitrine aux crus de la propriété du même nom. Le couple occupait les deux autres étages.

À la suite de son coup de sonnette, Loïc avait entendu le bruit de la gâche électrique. Sans plus attendre il était entré avant d'escalader l'escalier de pierre. Juliette l'attendait sur le palier. Après l'avoir embrassé elle l'avait fait entrer dans le salon où elle avait dressé une table en face d'une porte-fenêtre entrebâillée. La vue sur le Port de la Lune était magnifique. Les flots aux reflets métalliques glissaient avec nonchalance. Sur la rive droite les nouveaux immeubles de facture contemporaine se reflétaient dans la Garonne. Dans le lointain on pouvait deviner les coteaux de Floirac aux reflets bleutés.

Juliette lui avait désigné une chaise disposée de telle sorte qu'il puisse jouir du paysage pendant le déjeuner. Après s'être éclipsée quelques secondes, elle avait disposé devant eux une assiette de saumon fumé accompagné d'une sauce parfumée à l'aneth. Ensuite elle les avait régalés avec des filets de soles agrémentés d'une sauce aux morilles. Un soufflé au citron avait terminé en beauté ce délicieux repas. Pour garder les idées claires Loïc avait bu un demi-verre du merveilleux rosé qui patientait dans un seau rempli de glaçons. Sans se concerter ils avaient tous les deux évité de parler de l'objet de ce repas. C'est seulement une fois que le café avait été servi que Loïc prenant son courage à deux mains avait interrogé son amie.

— Tu me disais hier soir que tu étais inquiète Juliette. Que se passe-t-il ?

Pensivement, cette dernière remuait doucement une cuillère dans sa tasse où d'ailleurs elle n'avait pas mis de sucre. Ce petit détail montrait à quel point elle était troublée.

— À vrai dire lorsque je t'ai dit que j'étais inquiète je n'étais pas honnête avec moi-même… J'ai peur Loïc… Oui j'ai peur…

Tandis qu'elle prononçait ces paroles, Loïc qui la dévisageait avait remarqué son air défait, ses yeux cernés et ses traits tirés. Voyant qu'il la regardait avec attention, Juliette avait murmuré :

— Tu dois trouver que je ne suis pas au mieux de ma forme…

— Non ne t'inquiète pas, lui avait-il répondu avec sincérité, tu es aussi belle que dans mon souvenir.

Les traits du visage étaient toujours bien dessinés, dans la lumière du soleil sa magnifique chevelure lui faisait comme une auréole. « C'est vraiment une femme magnifique » avait-il pensé.

Rassurée par l'admiration qu'elle avait lue dans le regard de Loïc, Juliette avait lancé abruptement :

— Nicolas m'inquiète. Il est vrai qu'il n'a jamais été très démonstratif, mais ces dernières années cela n'a fait qu'empirer.

Voyant Loïc hausser les sourcils, elle avait ajouté précipitamment :

— Je pense qu'il m'aime toujours. Il continue à me combler de cadeaux mais j'ai l'impression que quelque chose ne va pas… J'ai peur qu'il soit bipolaire avec tout ce que cela implique.

Puis après quelques secondes de silence :

— J'aurais dû écouter plus attentivement Cécile.

— Que veux-tu dire ?

— Au début de sa grossesse Cécile m'avait confié que Nicolas lui faisait peur. Une autre fois elle s'était mise à pleurer en m'avouant qu'elle n'était pas heureuse.

— Souvent pendant leur grossesse, les femmes traversent des épisodes dépressifs, avait tenté Loïc un peu désemparé.

— Oui, c'est ce que j'avais pensé à l'époque. Lorsque je me suis rapprochée de Nicolas pour l'empêcher de sombrer, très vite je me suis éprise de lui. À mon grand étonnement d'ailleurs car je le connaissais depuis mon enfance. Pourtant au fil des jours je découvrais un homme attachant, sensible et affectueux. Sa tristesse le nimbait d'une aura romantique à laquelle je n'ai pas pu résister.

— Cela a dû être dur pour Julien, avait soufflé Loïc.

— Oui, mais comme il l'avait fait pour Cécile, il s'est incliné sans rien laisser paraître de sa souffrance.

— Attends Juliette, avant Nicolas, Cécile était sortie avec Julien ?

— Oui… Je pensais que tu le savais. Ils étaient pratiquement fiancés… Je n'ai jamais vraiment su ce qui s'était passé… Et maintenant Paul vient d'être tué… C'est bien ce que pense le commandant Litré ?

— Oui, absolument, il n'y a plus aucun doute là-dessus.

— Pauvre Paul, lui qui avait l'air si heureux ces derniers jours… Ce qui me console un peu c'est que le cèdre qu'il aimait tant est la dernière image qu'il a emportée avec lui avant de mourir. J'espère simplement que Nicolas n'est pour rien dans ce drame.

En entendant les dernières paroles de Juliette, Loïc avait sursauté.

— Comment peux-tu… ?

— Je savais que tu ne me croirais pas. Moi-même, je n'arrive pas à y croire, mais cette idée n'arrête pas de tourner dans ma tête… C'est pour cela que j'ai peur…

— Que veux-tu que je fasse ? l'avait interrogé Loïc un peu désemparé.

— Rien, tu ne peux rien faire mais il n'y avait que toi avec qui je pouvais en parler… Oui, il n'y avait que toi. Julien m'aurait probablement ri au nez, Maria aurait été scandalisée que je puisse penser cela de Nicolas. Quant à Mathilde et Xavier, je n'aurais réussi qu'à les choquer… Ils auraient certainement pensé que je devenais folle.

Vérifiant l'heure à sa montre, Loïc s'était levé. Après avoir remercié et embrassé Juliette, il lui avait dit :

— Essaie de te reposer Juliette. Je vais réfléchir à tout ce que tu viens de me raconter. Puis devançant ce qu'elle allait lui dire, il l'avait rassurée :

— Ne t'inquiète pas, je ne soufflerais mot à personne de notre conversation.

Il avait ajouté en lui-même sauf à Romain, Mathieu et Franck bien entendu.

*

Tout en suivant la berge de la Garonne, Loïc s'était posé pour la énième fois la question qui l'avait taraudé depuis le début du repas. Comment se fait-il que Juliette ne lui ait pas parlé des projets de Paul. Pourtant cet argument lui aurait permis d'expliquer pourquoi l'éventualité de la culpabilité de son mari lui avait traversé l'esprit. Nicolas faisant bonne figure devant son père avant de laisser éclater sa rage et sa jalousie devant sa femme. Là, l'histoire que venait de raconter Juliette aurait eu une base de crédibilité.

Après réflexion Loïc s'était murmuré :

— Peut-être que dans un dernier réflexe de loyauté, elle cherche à protéger son mari, « c'est possible » avait-il prononcé à haute voix, au grand étonnement d'un groupe de promeneurs.

*

De retour au commissariat Loïc venait juste de s'asseoir derrière son bureau quand Arnaud Lovet avait passé sa tête dans l'entrebâillement de la porte.

— Je ne vous dérange pas chef ? J'ai du nouveau en ce qui concerne Justin Brillouet.

— Tu as découvert quelque chose ?

— Oui, et le moins qu'on puisse dire, c'est que ce n'est pas un enfant de chœur. Il a été élevé par sa mère. Depuis son adolescence il a multiplié, les vols à l'étalage et les vols à l'arraché. Comme souvent pour les mineurs, les juges devant lesquels il a été déféré se sont contentés de le sermonner avant de le remettre en liberté. À vingt ans il a été arrêté pour vol de voiture et conduite dangereuse sans papiers. Cette fois-ci il a été condamné à deux mois de prison avec sursis et un mois de travaux d'intérêt général. Depuis, plus rien.

Soit il s'est acheté une conduite, soit il est devenu plus malin.

— Bravo Arnaud, c'est du beau travail... Sa coûteuse moto continue de m'intriguer par contre.

— Oui, moi aussi chef... Avant de vivre à Thiriac, il habitait chez sa mère à Bordeaux, Place Saint-Michel. Je pourrais peut-être lui rendre une petite visite sous un prétexte quelconque.

— Tu as raison Arnaud, c'est une bonne idée.

— Je passerai chez elle demain matin avant de venir au commissariat, c'est sur mon chemin.

Après son départ Loïc avait demandé à Romain Barteau de venir le rejoindre pour faire le point sur tout ce qu'il venait d'apprendre. Son bras droit était l'interlocuteur parfait, il connaissait à peine les suspects, par conséquent son raisonnement ne risquait pas d'être parasité par des considérations affectives. De plus Loïc avait déjà eu l'occasion d'apprécier la manière de fonctionner de Romain : claire, concise et synthétique.

Après avoir discuté pendant près d'une heure Loïc s'était rendu aux arguments de Romain.

— Loïc, pour l'instant nous ne sommes pas chargés officiellement de cette enquête. Je pense qu'il serait bon que tu en touches deux mots au juge ? Et surtout que tu informes le commandant Litré de ce que tu viens d'apprendre de ton amie. Sans oublier la personnalité suspecte de Julien Brillouet.

— Tu as raison Romain, en ce qui concerne le commandant Litré, je vais m'en occuper tout de suite. Ensuite je demanderai au juge de me recevoir dès que possible :

Sans le dire à Romain, Loïc avait pensé : « Dès ce soir je vais raconter tout cela à Mathieu, cela va certainement lui donner du grain à moudre ».

Dans l'après-midi, Loïc avait obtenu un rendez-vous avec le juge pour lui demander d'officialiser son intervention et celle de son équipe dans l'enquête concernant le décès suspect de Paul Darrose. Autorisation que le commandant avait présentée comme une demande de collaboration émanant de la gendarmerie de Libourne.

En voyant le sourire du juge, Loïc avait compris que son stratagème avait fonctionné en désamorçant la crainte que ce dernier aurait pu avoir sur les éventuelles blessures d'amour propre de la gendarmerie. Il s'était également contenté de dire qu'il connaissait le défunt et sa famille sans s'appesantir sur ses liens d'amitié avec les suspects et avec le commandant de gendarmerie. Éléments qui n'auraient fait que compliquer les choses.

CHAPITRE XV

Le lieutenant Arnaud Lovet venait d'arriver Place Saint-Michel où il avait garé sa moto à l'ombre de la Flèche de la Basilique. Regardant l'heure il s'était interrogé :

— Huit heures… c'est peut-être un peu tôt pour une visite officieuse. Je vais aller prendre un café et attendre une petite demi-heure.

À huit heures trente il s'était arrêté devant un immeuble vétuste qui présentait à droite de la porte une ribambelle de sonnettes plus ou moins brinquebalantes. Arnaud n'avait pas tardé à trouver celle de la famille Brillouet griffonnée au stylo-bille, avec comme indication : deuxième étage.

Après avoir poussé la porte, Arnaud avait suivi un couloir salpêtreux qui sentait le renfermé. Dans l'ombre il avait aperçu l'amorce d'un escalier aux marches disjointes. Arrivé au deuxième étage, la première porte sur la droite était la bonne.

Une fois qu'il eut frappé à plusieurs reprises, il avait entendu des pas traînants tandis qu'une voix éraillée criait « voilà, voilà ». La seconde d'après, la porte s'entrebâillait sur une femme entre deux âges encore en peignoir. Malgré l'heure matinale, la mère de Justin avait déjà une cigarette vissée au coin des lèvres.

— Oui, qu'est-ce que c'est ?

Le regard méfiant, une main retenant le montant de la porte, la femme le dévisageait.

— Bonjour Madame, excusez-moi de vous déranger de si bon matin. Rassurez-vous, il ne s'agit que d'un contrôle de domiciliation.

— ?

— Justin Brillouet est bien votre fils ?

— Oui, mais…

— Lors d'un contrôle routier votre fils nous a présenté ses papiers mais son adresse actuelle est différente de celle notée sur son permis. La gendarmerie de Libourne nous a donc demandé de vérifier sa domiciliation à Bordeaux.

— Il n'a rien fait de mal ?

— Non, rassurez-vous.

Puis voyant que la mère de Justin tenait toujours aussi fermement le montant de la porte, usant de son plus beau sourire, il lui avait demandé :

— Soyez gentille, laissez-moi entrer deux minutes, il faut que je vérifie également votre identité.

Devant l'air étonné de la femme, il avait ajouté :

— Vous savez ce que c'est : la paperasserie, la paperasserie, l'administration quoi…

— Ah ça vous avez bien raison. Pour emmerder les braves gens, l'administration elle sait faire, mais dès qu'on a besoin d'elle il n'y a plus personne…

Sur ces fortes paroles, la mère de Justin s'était écartée et avait invité Arnaud à entrer.

Le contraste entre la cage d'escalier miteuse et l'appartement était saisissant. La grande pièce où il venait d'entrer, inondée de soleil, donnait directement sur les arbres de la place où s'installaient déjà les brocanteurs. Les murs simplement peints en blanc étaient égayés par des affiches de courses de motos. Dans un angle, une cuisine ultra moderne était séparée du reste de la pièce par une desserte. Près des fenêtres, un canapé visiblement neuf faisait face à un immense écran de télévision.

En connaisseur, Arnaud avait complimenté la mère de Justin.

— Votre téléviseur est superbe.

— C'est mon fils qui me l'a offert, c'est un bon petit gars…

Habilement, Arnaud qui avait à peu près le même âge que Justin s'était coulé dans les habits d'un fonctionnaire anodin et inoffensif. Pour un peu la mère du suspect aurait oublié qu'il était policier et non pas un copain de son fils.

Mine de rien, alternant les considérations générales sur la cherté de la vie et des questions plus précises, Arnaud avait réussi à soutirer en un temps record une foule de renseignements.

Justin n'avait pas de père, du moins officiel. Sa mère l'avait élevé seule avec tout ce que cela implique. Bordeaux est une grande ville, comment une femme seule, qui travaille, peut-elle éviter que son fils ait de mauvaises fréquentations ? Toujours est-il qu'après une enfance mouvementée et une peine de prison avec sursis, le jeune homme s'était assagi. Depuis bientôt huit ans il n'avait pas fait parler de lui.

— Ce que je peux lui reprocher c'est de changer de travail assez souvent. Mais Justin me répond que cela lui permet de s'initier dans différents domaines.

— Ce n'est pas faux avait approuvé Arnaud qui mémorisait tout ce que lui racontait la mère du jeune homme. Quelles expériences professionnelles a-t-il eues ?

— Il a travaillé pendant plusieurs années sur le port de Bordeaux où il était très apprécié. Il a gardé d'ailleurs de bons contacts avec d'anciens collègues qui passent le voir de temps en temps.

— Oui et ensuite ?

— Il a toujours été très intéressé par la mécanique. Il a d'ailleurs obtenu un C.A.P. Cela lui a permis de travailler dans les ateliers de la concession Mercedes de Bordeaux. Là aussi, il était très apprécié. D'ailleurs il a bénéficié plusieurs fois de primes dont il m'a toujours fait profiter.

De la main, madame Brillouet avait balayé la pièce pour prendre Arnaud à témoin de la générosité de son fils.

— C'est dommage qu'il ait quitté cet emploi, avait amorcé Arnaud.

— Oui, je suis d'accord avec vous... J'ai essayé de l'en dissuader mais en vain... Je pense qu'il a dû rencontrer une fille du côté de Libourne et il a voulu se rapprocher d'elle... Que voulez-vous, il est jeune...

Après un petit silence, la femme avait poursuivi :

— Pour vous dire à quel point ils étaient satisfaits de lui dans son dernier emploi : Justin m'a assuré que le chef d'atelier en accord avec la direction, l'autorisait à prendre une année… une année…

— Sabbatique, avait soufflé le policier.

— Oui, quelque chose comme ça…

Après avoir remercié madame Brillouet, Arnaud avait pris le chemin du commissariat, satisfait de la collaboration inespérée de la mère de Justin.

*

Aussitôt arrivé dans son bureau, Arnaud Lovet, autant par respect de la hiérarchie que par amitié, avait commencé à rendre compte à Romain Barteau de sa visite à madame Brillouet. Celui-ci, avait écouté attentivement son jeune collaborateur avant de lui proposer de l'accompagner dans le bureau du commandant pour le tenir informé. À la demande de Gaëlle de se joindre à eux, il avait acquiescé avant d'appeler Loïc Maudy pour lui demander s'il pouvait les recevoir.

Après avoir recommencé le récit de sa visite à la mère du suspect, Arnaud avait conclu :

— Vous aviez raison chef, Justin Brillouet n'est pas clair. Au vu de ses dépenses je suis persuadé qu'il bénéficie de rentrées d'argent autres que son salaire. Puis il y a cette année sabbatique… Vous y croyez, vous, chef ?

Loïc Maudy avait apprécié la courtoisie du jeune homme qui lui avait laissé la paternité de cette visite à la mère de Justin Brillouet.

— Tu as raison Arnaud, tout cela n'est pas très clair…

Romain Barteau, songeur depuis quelques minutes, venait de s'exclamer :

— Mais j'y pense Loïc, si j'ai bien compris, c'est un de tes amis qui est à la tête de la concession Mercedes ?

— C'est exact, tu as raison. Je vais lui téléphoner tout de suite.

Après s'être isolé quelques minutes Loïc était revenu en souriant.

— Le problème est réglé, il peut te recevoir demain matin à neuf heures.

Ses trois jeunes collaborateurs venaient juste de quitter son bureau lorsque le standard l'avait mis en communication avec la gendarmerie de Libourne. Souhaitant rapidement le bonjour à Franck Litré, Loïc lui avait raconté son déjeuner avec Juliette Darrose et le résultat de la visite d'Arnaud Lovet à la mère de Justin Brillouet.

— Donc si je résume bien, lui avait répondu Franck Litré, pour une raison que l'on ignore, Paul Darrose avait peur. Apprenant ta nomination à Bordeaux, l'idée lui est venue de t'utiliser pour assurer sa sauvegarde. C'est là raison pour laquelle il a insisté pour que son fils t'invite à dîner sans en parler à quiconque. Par ta seule présence il pensait certainement inquiéter une ou plusieurs personnes présentes ce soir-là, je me trompe ?

— Non, tu as parfaitement résumé la situation.

— L'interrogatoire de Maria Villageau, avait repris Franck, et ta conversation avec Juliette Darrose mettent en évidence deux thèses contradictoires. Pour Maria, Cécile et Nicolas étaient très amoureux et ils étaient fous de joie à l'idée d'avoir un enfant. Par la suite, Juliette qui s'était rapprochée du mari de sa cousine avait su lui redonner le goût de vivre au point qu'il l'avait épousée un an plus tard. Toujours pour Maria, le couple semblait très heureux et partageait une grande complicité notamment au niveau des affaires. Ils géraient ensemble les deux exploitations, celle dont avait héritée Juliette à la mort de son oncle et celle du père de Nicolas.

— C'est exact avait répondu Loïc, poursuis ton analyse, ne t'arrête pas en si bon chemin.

— Pour Juliette Darrose, sa cousine Cécile lui avait confié avoir peur de son mari et n'être pas heureuse avec lui. Elle-même éprouve maintenant la même crainte et se demande si son mari n'est pas responsable de la mort de son père. Je crois avoir fait, à quelque chose près, la synthèse de ce que nous savons pour l'instant.

— Bravo, je n'ai rien à ajouter, avait répondu Loïc.

— À la suite de la conversation que ton collaborateur Arnaud Lovet a eue avec Justin Brillouet, j'ai décidé de l'interroger à nouveau. Je lui ai donc laissé un message sur son téléphone mais il ne m'a pas répondu.

— C'est curieux… Décidément ce garçon m'intrigue de plus en plus avait soupiré Loïc.

— Je ne te cache pas que moi aussi, avait acquiescé Franck Litré. J'ai appelé le contremaître il y a une heure, il n'a pas vu Justin Brillouet depuis la veille… Il ne s'est pas présenté à son travail ce matin. Je vais appeler sa mère, et si je fais « chou blanc » je lancerai un avis de recherche.

— Oui tu as raison, c'est le plus sage car il doit certainement nous cacher quelque chose.

— D'après le maître de chai, c'est Nicolas Darrose qui l'avait avisé de l'arrivée du jeune homme. Il semblerait que ce dernier était menacé par le mari d'une jeune femme qu'il avait séduite. Xavier Rudet lui aurait demandé de faciliter l'embauche de Justin Brillouet pour le mettre au vert jusqu'à ce que la situation rentre dans l'ordre… À ce propos Xavier Rudet, c'est bien un de tes amis de jeunesse ?

— Oui effectivement. Dès demain matin, mon bras droit va aller l'interroger. Je te tiendrai au courant.

Après avoir échangé des nouvelles de leurs familles, les deux hommes avaient raccroché.

CHAPITRE XVI

Loïc Maudy se dirigeait vers le commissariat lorsqu'à l'angle de la Poste Centrale il s'était heurté à un homme qui marchait à grandes enjambées. Levant les yeux, il avait reconnu Julien Villageau, aussi surpris que lui.

— Tu as l'air bien pressé Julien, tu vas où comme ça ?

— Je dois passer ce matin au service des cartes grises. Il y a en ce moment un véritable trafic de faux papiers dont Libourne est la plaque tournante. Cela nous oblige à faire des vérifications et des recoupements pour essayer de démanteler ce réseau. J'avais d'ailleurs pensé te rendre une petite visite ensuite.

En souriant Loïc lui avait proposé :

— Si tu as deux minutes, nous pouvons aller prendre un café Place Gambetta.

— Très bonne idée, j'allais d'ailleurs te le proposer.

Quelques minutes plus tard, attablés devant deux petits noirs, les deux hommes avaient commencé en même temps :

— Je…

Avant d'éclater de rire.

— Toi d'abord, avait souri Loïc.

Tout en mordant avec appétit dans un croissant, Julien lui avait demandé :

— Si j'ai bien compris, tu es marié et tu as deux enfants, du moins c'est ce que je t'ai entendu dire l'autre soir pendant le dîner. Je suis très content de te savoir heureux.

— Merci Julien, oui je suis très heureux…

Après une petite hésitation Julien avait poursuivi :

— Comment vont ta mère et ta sœur ?

— Ma mère reconstruit sa vie et Stéphanie a une petite fille.

Loïc n'avait pas fait allusion à son père. Trois années plus tôt, l'affaire des meurtres perpétrés dans l'Île de Ré avait fait la une des médias pendant plusieurs semaines, donc inutile d'épiloguer.

L'air triste, Julien avait repris la parole :

— Ce qui se passe en ce moment est particulièrement éprouvant pour moi… Je viens juste d'apprendre qui est réellement mon père et il disparaît dans des conditions tragiques. Pauvre Paul… Il a dû se voir mourir quand il a plongé la tête la première en contrebas du sentier.

— Tu ne vois rien qui pourrait expliquer ce meurtre, puisqu'il faut bien l'appeler ainsi.

— Non… vraiment… Il y a bien eu ces lettres anonymes, mais nous en avons tous reçu. Cela dure déjà depuis un certain temps, pourquoi un passage à l'acte seulement maintenant ?

— Tu savais donc ce que Paul Darrose voulait rendre public depuis quelques jours ?

— Oui, ma mère m'en avait parlé, avait répondu Julien sans ciller. Tu vas me demander pourquoi je n'en ai pas parlé au commandant Litré ? Tout simplement parce que je ne voyais pas le rapport que cela pouvait avoir avec la mort de Paul.

Puis avec une certaine timidité, il avait ajouté :

— Je sais que Franck Litré ne m'aime pas beaucoup… Tu sais Loïc, ce que l'on raconte sur moi et mes hommes est très exagéré, même si je n'ai jamais rien fait pour dissiper ces rumeurs…

Puis après avoir éclaté de rire :

— Tu connais le dicton « on ne prête qu'aux riches ». Eh bien c'est la même chose. Cette réputation sulfureuse qui me colle à la peau comme à celle de mes hommes inspire une telle crainte que même la pègre du coin se tient à carreau. C'est probablement dommage d'être obligé d'en arriver là pour faire respecter la loi, mais que veux-tu « la fin justifie les moyens ». Bref, tu pourras dire à Franck Litré que je ferai tout ce qui est en mon pouvoir pour l'aider dans son enquête.

— Je transmettrai Julien, je suis certain que Franck sera sensible à ta proposition lui avait répondu Loïc en mentant effrontément.

— Pour en revenir à ces lettres anonymes, en ce qui me concerne, elles ne me font ni chaud ni froid. Par contre, elles terrifient Mathilde. Elle a l'impression, à tort ou à raison, d'être sans arrêt épiée et parfois suivie... Elle n'ose pas me le dire, mais je suis certain qu'elle pense que c'est Nicolas qui écrit ces lettres.

— Surpris, Loïc avait levé la tête pour regarder son ami dans les yeux.

— Mais bon dieu pourquoi ?

— Je ne le sais pas, je me demande qui a bien pu lui mettre cette idée dans la tête...

Pesant ses mots, Loïc avait demandé à Julien d'une voix neutre :

— Je n'ai jamais bien su quelles avaient été les circonstances de l'accident de Cécile…

— À mon avis, elle a dû perdre le contrôle de sa voiture… À moins qu'elle n'ait été éblouie par le soleil…

— Il n'y a jamais eu l'ombre d'un doute concernant d'autres possibilités ?

Julien avait sursauté. Après avoir regardé Loïc dans les yeux, il lui avait répondu :

— Pour moi non… Mais en t'écoutant il me semble entendre parler Paul. Ces derniers temps, cette question avait l'air de le tourmenter… Sans que je sache pourquoi… Ce qui est certain, c'est que l'hypothèse du suicide peut être écartée sans hésitation. Nicolas et elle étaient très heureux, encore plus depuis que Cécile attendait un enfant. Maintenant Nicolas a retrouvé un équilibre avec Juliette et là aussi je peux t'assurer qu'ils sont très heureux.

Ce que Julien était en train de lui raconter était en parfaite contradiction avec ce que Juliette lui avait dit la veille, avait pensé Loïc sans rien laisser paraître de sa perplexité.

— Si j'ai bien compris, c'est toi et tes hommes qui êtes arrivés les premiers sur les lieux de l'accident.

— Oui c'est exact. J'ai aussitôt appelé Xavier Rudet afin qu'il envoie une dépanneuse pour enlever au plus vite la carcasse de la voiture de Cécile.

Remarquant l'air songeur de Loïc, il avait ajouté assez sèchement :

— Évidemment, j'étais très secoué, mais rassure-toi Loïc, pas au point d'en oublier les règles élémentaires dans un tel cas de figure.

— Je n'en doute pas Julien, crois-le bien. Et en disant cela Loïc était sincère.

Julien lui avait répondu par un vague haussement d'épaules avant de poursuivre :

— Cela a été une période épouvantable pour nous tous, mais surtout pour Nicolas…

Dans un coq à l'âne dont il était coutumier, Loïc avait demandé à Julien :

— Comment diable Xavier en est-il arrivé à diriger une des plus grandes concessions automobiles de la ville ? Si je me souviens bien, il voulait être avocat…

— Oui, c'est vrai ! Mais tu le sais aussi bien que moi Loïc, on choisit des objectifs, on privilégie des options et en définitive c'est la vie qui décide. Sa sœur a réalisé son rêve à sa place, elle est avocate. Pour Xavier l'histoire est toute simple. Pour se faire une petite cagnotte, il a profité de son diplôme tout neuf et des mois d'été pour proposer ses compétences à droite et à gauche. C'est comme ça qu'il est arrivé dans la concession du père de Patricia. Ce dernier, intéressé par l'intelligence et le dynamisme de Xavier lui a offert un poste de directeur administratif. Par la suite Xavier a rencontré la fille de son patron, coup de foudre réciproque, marche nuptiale, fin de l'histoire.

Loïc était très heureux pour Xavier. C'était un peu un conte de fées des temps modernes… Pendant l'été de leurs vingt ans et durant l'année qui avait suivi, Loïc avait remarqué que financièrement parlant, c'était très dur pour le frère et la sœur. Xavier prenait le parti d'en rire :

— Mathilde et moi nous avons intérêt à travailler pour obtenir nos diplômes, nous, nous ne sommes pas de riches héritiers !!!

Loïc avait été tiré de ses pensées par la dernière phrase de Julien qui venait de se lever :

— Oui, c'était le bon temps… Tout était encore possible…

Se levant à son tour, Loïc n'avait pas osé lui demander ce qu'il entendait par là.

Soucieux, Julien marchait rapidement vers la préfecture tout en s'interrogeant :

— Est-ce que je n'en ai pas trop dit ? J'aurais tort de sous-estimer Loïc, les médias n'arrêtent pas d'encenser ses qualités d'enquêteur et la rigueur de ses investigations, même si ces dernières concernent des membres de sa famille… Alors pour de simples amis perdus de vue depuis des années… Et puis quelle idée de terminer sur cette phrase « quand tout était encore possible »… Je suis certain de l'avoir vu tiquer.

Mécontent, Julien avait haussé les épaules.

— On verra bien…

À son arrivée au commissariat, Loïc avait croisé Romain Barteau qui revenait de son rendez-vous avec Xavier Rudet.

— Comment cela s'est-il passé Romain ?

— Très bien Loïc, ton ami a été on ne peut plus coopératif. Il a de la sympathie pour notre suspect car Justin Brillouet est un excellent mécanicien. Il y a quelque temps, le jeune homme, accompagné du chef d'atelier est venu le voir. Justin était dans une situation délicate, il avait depuis quelque temps une relation avec une femme mariée. Le mari de cette dernière, fou de rage après l'avoir découvert avait juré de le tuer s'il le retrouvait. Piteux, Justin ne savait pas ce qu'il devait faire. C'est alors que Xavier Rudet a eu l'idée de demander à Nicolas Darrose de l'employer quelques temps sur la propriété.

— Voilà donc un mystère d'éclairci…

Remarquant l'air indécis de Romain Barteau qui ne faisait pas mine de s'en aller, Loïc l'avait interrogé :

— Y a-t-il autre chose que je devrais savoir ?

— Oui… Enfin cela n'a probablement pas de rapport…

— Vas-y, dis-moi.

— Monsieur Rudet a insisté pour que je rencontre le chef d'atelier, un certain Robert Potier, qui a confirmé les dires de ton ami. Le problème, c'est que je connais bien Robert, surnommé dans le milieu « l'anguille ». Lui par contre ne m'a pas reconnu. Encore plus étrange, son second, Yann Figuier, a été impliqué lui aussi dans les mêmes histoires louches que son collègue sans que nos services arrivent à les coincer. Ils sont aussi malins l'un que l'autre.

Songeur, Loïc Maudy avait répondu après un moment de réflexion :

— Moi non plus, je ne vois pas trop le rapport avec notre affaire mais je suis d'accord avec toi, cela fait beaucoup de personnages louches dans ce garage…

— Je n'aurais pas osé te le dire comme cela pour ne pas te froisser, le directeur de la concession étant un de tes amis, mais oui je trouve que cela fait beaucoup.

— Tu sais Romain, Xavier Rudet est un copain de jeunesse que j'avais perdu de vue depuis plus de quinze ans.

Semblant changer de conversation, même si dans l'esprit de Loïc Maudy il y avait un lien avec ce que Romain Barteau venait de lui confier, il avait demandé à ce dernier :

— À propos, tu en es où avec tes indicateurs ?

— Je dois en rencontrer un ce soir dans un bar de la gare Saint Jean.

— Cuisine-le bien, le temps presse, le bateau ne va pas tarder à arriver.

Ce que le commandant Maudy n'avait pas dit à son bras droit c'est qu'il commençait à se demander si son ami de jeunesse n'était pas impliqué dans dieu sait quel trafic. Ce qui expliquerait qu'il emploie dans ses ateliers deux malfrats et un jeune voyou…

— Je me fais peut-être des idées… Mais le goût de l'argent vite gagné fait faire tellement de bêtises…

*

En fin de journée Loïc Maudy avait regagné son appartement. Son premier objectif était de prendre une douche en espérant que cela lui redonnerait de l'allant. Malheureusement, l'eau qui ruisselait sur son corps était impuissante à chasser ses idées noires. En fait Loïc était déçu par ses amis. Le déroulement de l'enquête révélait des secrets de famille, de possibles escroqueries tout en renforçant la possibilité que l'un d'entre eux soit le meurtrier de Paul Darrose. Le sortilège dont avait été victime « Dorian Gray [5] » frappait maintenant ses amis de Jeunesse. Leurs visages n'avaient pas changé mais plus les jours passaient plus leurs traits familiers devenaient ceux de parfaits inconnus qu'il n'arrivait plus à comprendre.

Pris d'une impulsion soudaine, il avait décidé d'aller à Macau. Il se souvenait d'une guinguette au bord du fleuve dans laquelle il avait dîné avec Mathilde. Après un léger repas arrosé d'un demi-verre de blanc du Blayais, Loïc avait décidé de revenir à Bordeaux en longeant la Garonne. Sur trois ou quatre kilomètres, les rives du fleuve étaient bordées de magnifiques propriétés dont la pierre délicatement patinée scintillait dans les rayons du soleil couchant. À mi-parcours il y avait toujours la petite esplanade où ils avaient l'habitude, Mathilde et lui, de s'arrêter pour faire des projets et s'embrasser.

---

5. Oscar Wilde : Le portrait de Dorian Gray.

— Plus tard quand nous serons mariés, nous vivrons dans une de ces maisons et nous aurons plein d'enfants lui murmurait-elle à l'oreille en lui mordillant le lobe.

Émerveillé, il lui répondait dans un soupir :

— Trois filles et trois garçons !!!

— Non, c'est trop symétrique !!!

C'était absurde mais cela les faisait rire aux larmes.

Loin de l'attrister, les souvenirs des moments passionnés qu'il avait vécus avec Mathilde l'apaisaient. Avec le recul, il mesurait à quel point ce qu'il éprouvait maintenant pour Claire, son épouse était différent. Leur amour était profond, inconditionnel, basé sur une confiance réciproque, un désir de construire. Il n'avait jamais ressenti cela avec Mathilde. Il avait surtout été flatté qu'une aussi jolie fille s'intéresse à lui. La passion qui l'avait dévoré à cette époque n'était rien d'autre que la certitude que cela ne durerait pas…

Après s'être secoué, Loïc avait souri, « ce petit vin blanc est décidément redoutable, je devrais le conseiller à Mathieu pour délier la langue de ses patients ». D'avoir pensé à son ami lui avait fait se rappeler qu'il avait promis de lui rapporter les évènements nouveaux quand il y en aurait. Pourquoi ne pas le faire d'ici, en face du fleuve aux reflets métalliques charriant d'immenses nappes tourbillonnantes.

Mathieu Guérin avait répondu dès la première sonnerie. Après lui avoir dit d'où il appelait, Loïc avait commencé le récit de tout ce qu'il avait appris ces deux derniers jours : le déjeuner avec Juliette, le café avec Julien, sans oublier les confidences de Maria Villageau.

Mathieu l'avait écouté sans l'interrompre. À la fin du récit, il avait simplement demandé à son ami :

— Pour mémoire, la jolie brune qui était assise à côté de Julien, c'est bien Mathilde la sœur de Xavier ? Et la belle blonde qui ressemble à une madone du Caravage est Juliette, l'épouse de Nicolas ?

— C'est tout à fait exact

Intérieurement Loïc n'avait pas pu s'empêcher de sourire : « Tiens, tiens, tiens, le si sérieux Mathieu Guérin avait succombé aux charmes de Juliette ».

— Alors Mathieu que penses-tu de tout cela ?

La voix grave, Mathieu lui avait répondu :

— Sincèrement je pense qu'il se passe quelque chose de grave… Surtout maintenant que l'on peut supposer que Cécile n'est pas morte dans un banal accident de voiture, mais qu'elle a été assassinée.

— Ce qui me trouble Mathieu, ce sont les relations affectives que Nicolas entretenait avec Cécile et maintenant avec Juliette. Pour Maria Villageau et Julien il adorait Cécile qui le lui rendait bien et ils étaient parfaitement heureux ensemble. Maintenant, toujours d'après eux, il est profondément amoureux de Juliette qui semble elle aussi très heureuse auprès de son mari avec qui elle entretient une relation profonde, pleine de complicité. Pour Juliette, Mathilde et probablement Xavier, Nicolas est un homme instable, incapable de rendre heureuses les deux femmes qui ont partagé sa vie.

— Oui, c'est troublant, avait murmuré Mathieu après avoir réfléchi en silence pendant quelques secondes.

Puis il avait ajouté :

— Cela nous met en face de deux thèses diamétralement opposées… À moins, et ce serait une troisième thèse, qu'un personnage dans l'ombre essaie de nous aiguiller dans ces deux directions… L'éternelle histoire du miroir à deux faces.

Puis, sur la promesse de Loïc de l'appeler dès qu'il aurait du nouveau, les deux hommes s'étaient souhaité une bonne fin de soirée.

CHAPITRE XVII

Compte tenu de la foule attendue pour les obsèques de Paul Darrose, Nicolas avait accepté qu'elles se déroulent à Bordeaux dans la Cathédrale Saint André après la levée de corps dans les locaux de l'Institut Médico-légal de la rue Elie Gintrac.

Le défunt était une grande figure de la viniculture de la région, unanimement respecté et probablement jalousé, l'un sans l'autre n'ayant malheureusement pas de sens. Plusieurs centaines de personnes se pressaient dans l'immense nef. Dans les premiers rangs le préfet, le maire, le député et le sénateur étaient au coude à coude avec les divers présidents d'associations viticoles et vinicoles des vins de Bordeaux. Les employés des deux exploitations, celle de

Nicolas et celle de Juliette avaient fait eux aussi le déplacement.

En arrivant sur le parvis Loïc Maudy avait remarqué la présence de Franck Litré en grand uniforme. Avant le début de la cérémonie, l'officier de gendarmerie lui avait proposé de venir le rejoindre à Libourne après le repas des funérailles.

— Cela nous permettra de faire le point sur toute cette affaire qui se complique de jour en jour au fil de ce que nous apprenons sur les uns et les autres.

— Très bonne idée Franck. Dans au moins deux des affaires que nous avons eu à élucider ensemble, la confrontation de nos idées a permis de faire la lumière sur les faits et d'en tirer des conclusions pour l'enquête.

La veille de l'enterrement Nicolas avait demandé à Loïc Maudy de se joindre à la famille et aux amis proches. À l'arrivée du cortège, ce dernier avait donc rejoint Juliette et Nicolas qui chacun d'un côté soutenait Maria tandis que Julien, Mathilde, Xavier et Patricia Rudet fermaient la marche.

À leur entrée dans la cathédrale les bavardages s'étaient tus tandis que sous les puissants accords des grands orgues, le cercueil couvert de fleurs avait remonté l'allée centrale. Très ému par l'intimiste interprétation du « Jésus, que ma joie demeure[6] ». Loïc avait pensé que Paul Darrose aurait certainement préféré une cérémonie plus discrète dans la petite église de Thiriac, juste à côté des vignes qu'il avait tant aimées. Avant la bénédiction du cercueil, une jeune soprano avait interprété un poignant « Ave Maria » qui avait fait monter les larmes aux yeux de Maria, Juliette, Mathilde et Patricia.

À la fin de la cérémonie, Loïc était resté à côté de ses amis pour le défilé des condoléances. Pour Maria, Nicolas et Julien, même si la bienséance l'imposait, il s'agissait là d'une véritable épreuve. Les traits tirés, livides les deux hommes se tenaient l'un à côté de l'autre.

Surpris, Loïc avait remarqué à quel point ils se ressemblaient. De la même taille et de la même corpulence, ils donnaient l'impression de se compléter, l'un solaire, irradiant la force et la volonté, l'autre plus secret, nimbé d'une vague mélancolie. Comment pourraient-ils être rivaux alors qu'ils étaient le prolongement l'un de l'autre avait soupiré Loïc.

La « Vox populi » avait fait son œuvre, le secret de Maria Villageau et de Paul Darrose avait dû se répandre comme une traînée de

6. Jean Sébastien Bach.

poudre car les condoléances s'adressaient sans distinction aux deux femmes et aux deux hommes. Il avait fallu presqu'une heure pour que la cathédrale se vide.

Comme cela avait été prévu, le fourgon mortuaire allait prendre la route pour rejoindre le village de Thiriac. Une brève bénédiction sur le parvis de la petite église avait été décidée afin de permettre à ceux qui n'avaient pas pu faire le déplacement à Bordeaux de rendre un dernier hommage à leur illustre voisin. L'inhumation dans le caveau familial se déroulerait ensuite dans l'intimité. À treize heures trente un traiteur servirait un repas aux invités.

Avant de quitter le parvis de la cathédrale, Mathilde avait demandé timidement à Loïc si elle pouvait être sa passagère. Surpris mais heureux, Loïc avait aussitôt accepté. Au début du trajet, Mathilde était restée silencieuse, puis la voix lasse, elle lui avait demandé comment il allait. Soulagé de pouvoir rompre le silence qui devenait pesant, Loïc lui avait résumé les quinze années qui s'étaient écoulées depuis la dernière fois où ils s'étaient vus. Après lui avoir raconté brièvement la fin dramatique de son père et le bouleversement familial qui en avait résulté, il avait conclu en lui parlant avec tendresse de sa rencontre avec Claire, de leur mariage suivi par la naissance de leurs deux enfants.

À la fin du récit de Loïc, Mathilde avait semblé sincèrement heureuse de son bonheur familial et sentimental. Prenant la parole à son tour, elle avait murmuré :

— Je sais que Julien et toi vous avez eu une longue conversation l'autre jour. Il a dû te parler de notre relation et des menaces anonymes qu'elle a suscitées.

Sans attendre sa réponse, elle avait poursuivi :

— En fait je suis terrifiée, je me sens manipulée, prise au piège dans une machination dont je ne connais ni la raison ni la finalité… Tu dois penser que je suis folle non ? Pardonne-moi Loïc de t'embêter avec mes histoires…

Attentif, ce dernier n'avait pas cherché à rompre le silence qui s'était installé à nouveau. Son expérience d'enquêteur lui avait appris à ne pas brusquer les témoins. Il fallait seulement les laisser parler, sans les interrompre par une question trop abrupte qui les ferait se refermer comme une huître.

— Tu vas certainement penser que je suis folle avait repris Mathilde, mais je suis persuadée que c'est Nicolas qui est à l'origine des menaces que j'ai reçues…

— Mais pourquoi ? N'avait pu s'empêcher de crier Loïc, abasourdi.

— Écoute c'est quand même curieux… Cécile et Julien étaient pratiquement fiancés quand, à la suite de racontars relatant la soi-disant vie de débauché de ce dernier, elle l'a brutalement quitté avant de se rapprocher de Nicolas. Par la suite Julien et Juliette ont entamé une relation qui visiblement les rendait heureux. Brutalement Cécile perd la vie dans des circonstances accidentelles qui ne m'ont jamais convaincue. Quelque temps plus tard Juliette quitte Julien et se marie avec Nicolas à peine un an et demi après la disparition de Cécile.

— Oui mais je ne vois toujours pas… avait tenté Loïc

— La suite est pourtant édifiante. Il y a deux ans à mon retour d'un stage de plusieurs mois dans un cabinet juridique newyorkais, j'ai retrouvé Julien. Dès le premier regard nous avons compris à notre grande surprise que nous nous aimions. Il avait fallu cette séparation pour que ce sentiment devienne pour nous une évidence, approuvée d'ailleurs par tout notre entourage. Deux mois plus tard nous avons commencé à recevoir des lettres de menace.

Loïc toujours silencieux attendait la suite, car il y en avait une, forcément, comme l'aurait dit l'inénarrable Marguerite Duras… Il avait peur de ce qu'il allait entendre.

— À cette époque-là nous nous rencontrions souvent Juliette et moi. Nous avions pris l'habitude de nous voir une ou deux fois par semaine… Sans trop insister elle a commencé à se plaindre de l'attitude de Nicolas. Puis un jour elle a fondu en larmes en m'avouant qu'elle avait l'impression d'être devenue transparente dans le regard de son mari…

Loïc venait d'entendre ce qu'il craignait. Inutile que Mathilde lui en dise plus, il comprenait très bien le cheminement de sa pensée : Nicolas, viscéralement jaloux de son demi-frère ne recule devant aucun moyen pour faire obstacle au bonheur sentimental de Julien… quitte à tuer s'il le fallait… D'un seul coup Loïc s'était senti glacé, il avait beau chercher désespérément, il n'arrivait pas à trouver de failles dans le raisonnement de Mathilde. Au fond de lui, il savait très bien que cette idée lui avait également traversé l'esprit mais qu'il l'avait repoussée avec horreur. Avec lassitude il avait regardé sa passagère avant de lui répondre.

— Je te crois Mathilde… Il faut que je réfléchisse et que je vérifie un certain nombre de choses. Pour l'instant tu as raison, évite de rencontrer Nicolas, c'est plus prudent.

Sans s'en rendre compte, tellement le récit poignant de Mathilde avait sollicité son attention, ils venaient d'arriver à Thiriac.

Après s'être garés, silencieux l'un et l'autre, ils avaient rejoint le petit groupe déjà réuni autour du cercueil.

*

Une heure plus tard les invités s'étaient retrouvés dans le grand salon où un somptueux buffet les attendait.

Pour la famille, terrassée par le chagrin, cet intermède dicté par les us et coutumes et surtout par la bienséance présente tous les aspects d'une horrible corvée : comment parler la gorge nouée, comment manger avec un nœud à l'estomac. Comme souvent, après des débuts contraints, un engourdissement salutaire gagne les proches qui se rendent compte avec surprise qu'ils ont faim et que le vin leur redonne de la force. Au bout d'un moment les conversations s'animent, émaillées parfois de rires aussitôt réprimés, la vie est la plus forte, elle reprend ses droits.

Loïc avait remarqué avec plaisir que Maria avait repris des couleurs. En bonne maîtresse de maison, d'un coup d'œil elle s'assurait que tout le monde soit servi. À côté d'elle Juliette avait cessé de triturer son mouchoir, un peu plus loin Mathilde buvait un verre de vin à petites gorgées, perdue dans ses pensées. Assis côte à côte Nicolas et Julien discutaient calmement en picorant dans leur assiette. À une autre table Xavier était en grande conversation avec ses voisins. De loin Loïc arrivait à saisir des bribes de phrases : cylindrée, émission de particules, autonomie kilométrique. En souriant intérieurement il avait pensé que son vieux copain ne perdait pas le nord : qui sait ? Parmi tous ces convives il y avait peut-être de futurs acquéreurs de la marque prestigieuse.

Au bout d'un moment, Loïc avait desserré sa cravate et il était sorti sur le perron pour fumer sa première cigarette de la journée. Tandis qu'il sentait la nicotine parcourir ses veines, il avait laissé son regard se perdre dans ce merveilleux panorama de vignes, de collines, de forêts, paysage qui lui rappelait un peu la Toscane où il avait fait son voyage de noces.

Plongé dans sa rêverie, Loïc avait sursauté en sentant une main se poser sur son épaule.

Xavier Rudet qui venait de sortir un cigare de son étui lui souriait en le regardant avec amitié.

— Nous n'avons pas encore eu le temps de discuter tous les deux, Loïc. Je pensais t'appeler prochainement pour que tu viennes dîner à la maison, Patricia t'apprécie beaucoup.

Loïc était resté silencieux car il se doutait qu'il ne s'agissait là que d'un préambule.

— J'espère que ton collaborateur a été satisfait des renseignements que nous lui avons donnés l'autre jour en ce qui concerne Justin Brillouet.

— Oui je te remercie. Il s'agissait d'une simple enquête de routine.

Faussement désinvolte il avait poursuivi en demandant à Xavier :

— Je n'ai jamais osé poser de questions sur les circonstances de la mort de Cécile. Si je me souviens bien, à l'époque, elle et Nicolas vivaient à la propriété car ils avaient pensé que l'air serait plus salutaire pour Cécile.

— Oui c'est exact. Au vu de ce qui s'est passé ensuite, cela montre que le destin est parfois bien cruel… Ce matin-là elle avait décidé de venir à Bordeaux pour je ne sais quelle raison…

— Je suppose que sa voiture était en bon état.

— Absolument, avait aussitôt répondu Xavier. Le contrôle venait juste d'être fait.

Puis regardant à droite et à gauche, Xavier avait ajouté :

— À toi je peux bien le dire, il s'est passé quelque chose de curieux après l'accident…

— Ah bon ? Raconte-moi.

— Je me souviendrai toujours de ce matin-là lui avait répondu Xavier. À dix heures j'ai reçu un appel angoissé de Julien m'annonçant à la fois l'accident et le décès de Cécile. Avant que j'aie le temps de reprendre mes esprits il m'a demandé d'envoyer une dépanneuse. Sur le moment j'ai pensé que Julien devait être dans tous ses états car il aurait semblé naturel qu'il appelle un garage sur Libourne, beaucoup plus proche.

— Oui c'est surprenant, mais ton explication est certainement la bonne.

— Ce n'est pas tout. Il m'a demandé également de vérifier avant le passage de la scientifique l'état du moteur et de le tenir au courant. Il a bredouillé que c'était simplement dans le but d'épargner Nicolas.

Stupéfait, Loïc avait apostrophé Xavier :

— Mais pourquoi diable as-tu accepté ? C'était parfaitement illégal !!

— Je le sais bien, avait répondu Xavier, mais autant que tu le saches, Julien m'a aidé plusieurs fois pour des infractions qui auraient pu me coûter cher. Après mon mariage je me suis assagi, avait-il temporisé. Toujours est-il que je lui étais redevable, et surtout il était mon ami.

Mécontent, Loïc lui avait demandé ensuite ce qu'avait donné l'examen de la voiture.

— Rien de bien probant si ce n'est une fuite importante du liquide des freins sans que je puisse dire si c'était dû à une malveillance ou la conséquence du choc.

Après avoir regardé Xavier dans les yeux, Loïc lui avait demandé :

— Mais pour toi, en ton âme et conscience, qu'en penses-tu ?

— Je suis presque certain que le système des freins avait été saboté.

— Et l'expert qu'en a-t-il pensé ?

— Prudemment il n'a pas voulu tirer de conclusions définitives après l'examen du véhicule. Il s'est borné, dans son rapport, à signaler l'absence de liquide de freinage pouvant s'expliquer par la violence du choc.

Après quelques secondes Xavier Rudet avait ajouté :

— Tu sais je connais bien Julien, je pense qu'il cherchait à protéger Nicolas…

— Comment cela ?

— Ce que je vais te dire doit absolument rester entre nous, on est bien d'accord ?

Prenant le silence de Loïc pour un acquiescement, il avait ajouté en parlant très vite mais à voix basse :

— Je suis persuadé que Nicolas est malade, psychiatriquement parlant... Comment expliques-tu que Cécile, Juliette et maintenant Mathilde aient peur de lui. Toutes les trois me l'ont avoué un jour de désarroi.

— C'est grave ce que tu dis là Xavier.

— Je t'ai simplement donné mon sentiment Loïc, cela n'engage que moi. C'est pour cette raison que je te demande à nouveau de le garder pour toi.

Puis après avoir écrasé son cigare dans une jardinière, il avait tourné les talons.

Pétrifié, Loïc était resté immobile pendant plusieurs minutes. Se pourrait-il que Nicolas soit un sociopathe, un meurtrier ? C'était peut-être de cela dont Mathieu avait l'intention de lui parler. Songeur, Loïc était retourné dans le salon auprès de ses amis. Dès qu'il le pourrait-il irait rejoindre Franck Litré comme il en avait convenu le matin même.

Xavier, tout à l'heure si bavard, était assis dans un fauteuil les yeux perdus dans le vague. À la dérobée il regardait Loïc avec inquiétude.

— Décidément je suis trop bavard, c'est lui l'enquêteur, pas moi. Qu'est-ce qui m'a pris de lui raconter tout ça. Même si l'éthique du métier de policier l'oblige à être discret, je me suis mis inutilement en danger… Quel imbécile !

CHAPITRE XVIII

À la suite de sa conversation avec Xavier Rudet, Loïc avait rejoint les convives. Pour ne pas paraître insensible au chagrin de ses amis il avait attendu patiemment le départ des premiers invités pour se lever à son tour. Après avoir embrassé Maria, Juliette et Nicolas, il s'était dirigé vers sa voiture. Il venait d'ouvrir la portière lorsqu'il avait senti une main se poser sur son épaule. C'était Julien qui voulait lui dire au revoir.

— Tu rentres sur Bordeaux ?

— Non, je vais à Libourne.

L'air grave, Julien l'avait interrompu :

— Tu vas rejoindre le commandant Litré je suppose ? Il doit commencer à trouver tes amis bien étranges… et bien encombrants…

— Il ne m'a rien dit de tel, avait commencé Loïc.

— Je plaisantais, même si je n'ai pas vraiment le cœur à rire… Vous allez certainement échanger vos points de vue sur les évènements de ces derniers jours.

Je sais que ton ami ne m'aime pas beaucoup. Moi par contre j'ai de l'estime pour lui, même si je le trouve un peu trop rigide… Tu vois ce que je veux dire : règlement, règlement…

Loïc n'avait pas pu s'empêcher de sourire. Effectivement, on ne pouvait pas trouver personnalités aussi diamétralement opposées que celle des deux hommes : la fougue, l'intelligence du terrain, la fantaisie pour l'un, l'empathie, la rigueur, le respect sourcilleux des règlements pour l'autre.

— Oui, avait répondu Loïc, sans que l'on puisse savoir s'il répondait à la première partie de la phrase, à la seconde ou aux deux.

Avant de lui souhaiter bonne route, Julien lui avait murmuré très vite :

— N'hésite pas à faire appel à moi pour quelques raisons que ce soit. Si je peux aider le commandant Litré je le ferai quoiqu'il m'en coûte.

Même si la fin de la phrase, pour le moins sibylline, avait surpris Loïc, il n'en avait rien laissé paraître.

Avant de rejoindre sa famille et les derniers convives qui allaient eux aussi repartir vers Bordeaux, Julien avait ajouté :

— Ce soir je reviendrai à la propriété, je ne veux pas que ma mère reste seule, cette journée l'a beaucoup éprouvée. Demain Juliette viendra nous rejoindre en fin de matinée et elle restera quelques jours.

*

Vingt minutes plus tard Loïc avait stationné sa voiture juste devant la gendarmerie.

Pendant le bref trajet, les pensées les plus diverses s'étaient bousculées dans la tête de Loïc. Pourquoi Julien tenait-il tant à participer à l'enquête ? Simple courtoisie vis-à-vis des deux officiers de police ou espoir de soutirer des informations ? Peut-être cherchait-il à se protéger ou aider un de ses proches… Quant à Mathilde et Xavier, il ne semblait y avoir aucune équivoque dans leur esprit : Nicolas était un meurtrier et les terrifiait. À ce moment-là, Loïc avait ressenti une impression familière, celle d'avoir vu ou entendu quelque chose qui sonnait faux, ou contredisait les déclarations des témoins. Malheureusement, avant que cette idée ait eu le temps de se concrétiser, elle s'était à nouveau diluée dans son inconscient. Comme un mot que l'on a sur le bout de la langue et que l'on n'arrive pas à prononcer. Tout en sortant de sa voiture, Loïc avait chassé toutes ses interrogations d'un haussement d'épaules, remettant à plus tard la résolution de ces mystères.

Cette fois-ci Franck Litré l'attendait dans son bureau avec deux de ses hommes. Ces derniers étaient en train de visionner des cassettes provenant des postes de surveillance. Pour répondre à la question muette de Loïc, Franck lui avait expliqué :

— Impossible de mettre la main sur Justin Brillouet, il a disparu aussitôt après que nous lui ayons annoncé notre venue à Thiriac pour l'interroger à nouveau. Mes hommes sont en train de visionner les bandes des caméras de surveillance de l'autoroute aussi bien en direction de Paris qu'en direction de Toulouse. Avec un peu de chance, tout au plaisir de faire des pointes de vitesse avec son superbe engin, Justin aura peut-être oublié qu'il pouvait être filmé.

À son tour Loïc Maudy avait raconté à son collègue et ami les confidences inattendues de Mathilde, suivies par celle de son frère. Il n'avait pas non plus oublié de transmettre l'offre de Julien.

— C'est plutôt surprenant avait répondu Franck, mais pourquoi pas. Non sans avoir ajouté, bien que cela me paraisse délicat compte tenu de ses liens avec les divers protagonistes. Il pourrait y avoir conflit d'intérêts.

Loïc avait souri, rien ne changerait jamais son ami : règlement, règlement. Il avait cependant ajouté :

— Je pense qu'il était sincère quand il m'a fait cette proposition qui dans son esprit ne pouvait être qu'officieuse…

— Oui, probablement avait répondu sobrement Franck Litré.

Après être resté pensif quelques instants, Franck avait repris :

— Bon, si je résume : Paul Darrose a découvert quelque chose de suffisamment grave pour que cela l'amène à reconsidérer la cause de l'accident ayant causé la mort de Cécile, sa première belle-fille. Se sentant menacé il décide en grand secret de te faire inviter par son fils Nicolas. Il pense pouvoir ainsi assurer sa sauvegarde en effrayant une ou plusieurs personnes présentes ce soir-là. Jusque-là c'est correct ?

— Oui Franck, jusqu'ici je n'ai rien à ajouter.

— De mes interrogatoires et des confidences que l'on t'a faites, on ne peut que constater des discordances importantes. Pour Maria et Julien, Cécile et Nicolas étaient un couple parfaitement heureux. Maintenant le même Nicolas semble avoir retrouvé le bonheur avec Juliette qu'il aime, mais d'un amour différent du précédent. Pour Xavier, Juliette et Mathilde, Nicolas est un psychopathe dévoré par une jalousie maladive envers son demi-frère qu'il veut empêcher à tout prix d'être heureux. Haine portée à son paroxysme par la décision de Paul Darrose de reconnaître Julien.

— Rien à ajouter avait soupiré Loïc.

— Oui, mais tu vois Loïc tout cela me paraît presque trop beau. Tout désigne Nicolas Darrose comme le probable meurtrier… Pourtant il est possible de voir toute cette affaire sous un autre angle : Julien viscéralement jaloux de son frère de lait qui a tout et lui rien en arrive à haïr ce copain d'enfance qui lui a même volé l'affection de sa mère. Plus tard alors qu'ils sont devenus des hommes, les deux femmes qu'il a aimées le quittent pour se rapprocher de Nicolas. Là c'en est trop et il monte une machination diabolique pour faire accuser son demi-frère du meurtre de son père. Trait de génie, on ne peut raisonnablement pas l'accuser d'avoir fomenté cet accident car la mort de Paul Darrose lui fait perdre une fortune… C'est un peu l'envers du décor… Ou bien troisième hypothèse…

Franck Litré s'était interrompu car Loïc semblait tétanisé. Les traits tirés, il avait brutalement pali avant de mettre son visage entre ses mains. Inquiet, Franck s'était levé d'un bond avant de venir tapoter le dos de son ami.

— Que t'arrive-t-il Loïc… Tu me fais peur… Tu es tout pâle.

À ce moment-là Loïc avait relevé la tête en murmurant :

— Mais oui, tout s'explique, le cèdre, les vierges du Caravage, le miroir à deux faces [7], plus deux minuscules erreurs commises par les coupables. Erreurs qui viennent de me revenir en mémoire.

Interloqué, Franck Litré, le front barré par un pli soucieux avait interrogé son ami :

— Je ne comprends rien à ce que tu es en train de me dire… Tu es sûr que tout va bien ?

— Oui, ça va, ne t'inquiète pas… je vais t'expliquer.

Après avoir réfléchi quelques instants, Loïc avait commencé son récit :

---

7. Le miroir à deux faces. (Film d'André Cayatte 1958).

— Tu connais Mathieu Guérin ? Vous aviez bien sympathisé tous les deux je crois me souvenir. Bref, il est en vacances à côté de la Brède.

— Oui, c'est lui qui à l'occasion vous apporte un éclairage psychologique sur les suspects impliqués dans des affaires de meurtres.

— Comme tu le sais, il m'a accompagné au dîner chez Juliette et Nicolas. Je ne sais pas pourquoi mais sa présence me rassurait. J'allais retrouver des amis perdus de vue depuis plus de dix ans et j'avais peur de me sentir isolé.

— Oui, mais je ne vois pas du tout ce…

— Je pense qu'inconsciemment j'espérais qu'il me donnerait son avis sur ce qu'étaient devenus mes copains de jeunesse…

— Une sorte de pressentiment avait souri Franck Litré

— Oui… Quelque chose comme ça…

— Le lendemain il m'a appelé un peu gêné car ce qu'il avait à me dire n'allait pas me faire plaisir. En fait il avait ressenti la même chose que moi, une ambiance et une gaieté factice, l'impression qu'une menace diffuse planait sur les convives…

— Ouh là là, vous devriez écrire des romans policiers tous les deux !

— Tu peux rire Franck, mais si je te raconte tout cela c'est simplement pour planter le décor afin que tu puisses mieux comprendre la suite. Il avait ensuite poursuivi son récit.

— Deux jours plus tard Paul Darrose mourait dans les circonstances suspectes que nous connaissons. Mathieu que j'avais tenu informé a paru à la fois très intéressé mais également inquiet. Il m'a alors avoué qu'il avait repéré dans mon groupe d'amis une personne potentiellement dangereuse mais que c'était trop subjectif pour qu'il m'en parle maintenant. Par la suite, à chacune de nos conversations il m'a subtilement fourni des indices sans que j'en prenne conscience sur le moment.

Cette fois-ci Franck n'avait pas interrompu son ami, conscient que le plus important restait à venir.

— Tout à l'heure quand tu as résumé avec ta clarté habituelle les évènements et les conversations de ces derniers jours tu as parlé de l'envers du décor. Une phrase de Mathieu m'est alors revenue en mémoire : « Tu sais Loïc, cela me fait penser au film de Cayatte, le miroir à deux faces avec Michèle Morgan ».

Devant l'air interrogateur de Franck Litré, Loïc s'était empressé de poursuivre :

— En clair, ce que voulait me faire comprendre Mathieu, c'est que suivant l'angle sous lequel on considère les faits, les conclusions s'avèrent diamétralement opposées. C'est d'ailleurs ce que tu disais tout à l'heure en démontrant que l'on peut également incriminer Julien au lieu de Nicolas en utilisant des arguments identiques mais orientés différemment.

Puis après un silence plein de tristesse :

— Nous avons affaire je le crains à quelqu'un d'une intelligence diabolique, rempli de haine et de frustration. Cette personne n'agit évidemment pas seule, elle a un complice aussi dangereux qu'elle…

Reprenant la parole Franck Litré avait soufflé :

— En fait, on a cherché à nous manipuler depuis le début, à commencer par cette invitation surprenante dont Paul Darrose était l'instigateur.

— Exactement…

Après avoir expliqué à son ami le rôle du cèdre et des madones de Caravage, il avait convaincu Franck d'appeler le juge Dandeau pour lui demander des commissions rogatoires afin de mettre sous écoute les téléphones des deux suspects et ce, sans attendre. Lui de son côté allait appeler Maria qui ne leur avait certainement pas tout dit et aussi Mathieu pour lui dire qu'il avait enfin compris son aide subliminale. Il lui demanderait également de lui confirmer l'identité des deux suspects.

Gagné à son tour par l'excitation de Loïc, Franck avait réglé le problème des écoutes téléphoniques et avait mis en place une surveillance de la propriété pour la nuit suivante. Pour les suspects résidant à Bordeaux, Loïc avait appelé Romain Barteau pour qu'il organise une ronde discrète autour de leurs domiciles : Caudéran pour Xavier et Patricia, Quai des Chartrons pour Nicolas et Juliette et les Allées de Tourny pour Mathilde. Tous les deux avaient compris en même temps que la mort de Paul Darrose n'était pas une fin en soi mais un simple maillon d'un plan machiavélique qui ne pouvait prendre fin qu'en faisant d'autres victimes.

Après une heure d'effervescence, les deux hommes s'étaient accordé une pause.

— Je pense que nous avons paré au plus urgent, qu'en penses-tu Franck ?

— Oui… Je pense également qu'une comparaison de l'ADN du mégot avec celui de notre suspect nous permettra de prouver la présence de ce dernier sur les lieux du drame.

À ce moment-là l'un des deux gendarmes qui avaient migré dans un bureau voisin pour laisser les deux commandants en tête à tête avait passé sa tête par l'entrebâillement de la porte.

— Ça y est chef, nous l'avons repéré sur une des bandes, celle de l'autoroute en direction de Toulouse. Il a douze heures d'avance sur nous. Nous avons appelé sa mère qui nous a confirmé que son fils avait une petite amie qui était partie vivre à Toulouse. Sans faire de difficultés elle nous a donné son nom. Nous venons de la « loger ». Nous avons prévenu nos homologues toulousains, ils vont surveiller l'appartement et, je le suppose, arrêter notre suspect dans les heures qui viennent.

— Parfait, beau boulot les gars.

— Si tout se passe bien il sera dans nos locaux demain après-midi.

Sur ces bonnes nouvelles Loïc avait pris congé de son ami après avoir décliné son invitation à dîner.

— Non merci Franck, toutes ces émotions m'ont vidé. Je vais rentrer chez moi et me mettre au lit.

Sur le chemin du retour Loïc avait appelé Mathieu pour le tenir au courant des mesures de surveillance que Franck et lui avaient mises en place. Il l'avait remercié de l'avoir si subtilement orienté. En riant il lui avait lancé :

— Dans cette enquête j'ai passé mon temps à me faire manipuler, à commencer par toi vieux voyou !!!

Riant à son tour Mathieu l'avait interrogé :

— Comment vois-tu la suite ?

— Tout va dépendre du résultat des écoutes téléphoniques et de l'interrogatoire de Justin Brillouet qui aura déjà à répondre d'un délit de fuite dans l'intention de se soustraire à une enquête policière.

Puis il avait proposé à Mathieu :

— Ce soir j'ai un besoin urgent de repos, mais demain si tu veux je t'invite à déjeuner au Noailles sur les Allées de Tourny. Tu verras c'est une véritable institution à Bordeaux, la vue sur le Grand Théâtre est magnifique.

Sans hésiter, dérogeant une fois de plus à son désir de solitude, Mathieu avait immédiatement accepté :

— C'est entendu, à demain treize heures avait conclu Loïc avant de raccrocher.

CHAPITRE XIX

L'enfer est vide, tous les démons sont ici.
William Shakespeare

Après une nuit peuplée de cauchemars qui l'avaient tenu éveillé de longs moments, Loïc s'était assoupi d'un mauvais sommeil jusque tard dans la matinée. Il avait ensuite paressé devant un, puis deux bols de café dans lesquels il avait trempé les croissants un peu rassis qui lui restaient de la veille. Une bonne douche suivie de quelques assouplissements lui avait permis de retrouver un semblant de forme.

Revêtu d'une chemisette blanche et d'un pantalon de toile il avait longuement téléphoné à Claire et aux enfants. Ces derniers lui avaient fait la fête en faisant claquer des bisous dans le téléphone tandis que de sa voix fraîche sa femme lui avait raconté ses journées sans lui.

Deux minutes plus tard il s'était senti comme purifié par les voix familières. Les souillures qui collaient à sa peau depuis le début de cette enquête s'étaient détachées pour se diluer dans un presque oubli : léger, heureux, Loïc s'était senti à nouveau prêt à repartir au combat.

Vers midi il avait appelé Romain Barteau qui lui avait résumé le résultat des écoutes téléphoniques. Au cours d'un des nombreux appels échangés par les deux suspects une phrase avait retenu l'attention de Loïc.

— Il faut terminer au plus vite ce que nous avons commencé…

Cette phrase qui résonnait comme une menace dans les oreilles du policier l'avait conforté dans le bien fondé des décisions que Franck Litré et lui-même avaient prises la veille.

Quelques minutes plus tard, après avoir quitté la rue Judaïque, il avait traversé la Place Gambetta avant de se diriger vers le Cours de l'Intendance. Sans déroger au traditionnel coup d'œil admiratif sur le Grand Théâtre, il s'était dirigé vers le restaurant Le Noailles au début des Allées de Tourny. Mathieu Guérin tout sourire l'attendait déjà devant la terrasse Couverte.

Depuis la table que Loïc avait choisie, on apercevait les nobles façades de la Place de la Comédie et au loin les premiers platanes de la Place des Quinconces, Mathieu était littéralement conquis.

Le délicieux repas qui avait suivi les mises en bouche, agrémenté par un délicat rosé de la région avait parachevé la bonne humeur des deux hommes. Au moment du café, vers quatorze heures trente, Mathieu avait interpellé Loïc en souriant :

— Tu comprends bien Loïc que je ne pouvais pas me permettre de parasiter ton enquête en te donnant des indications précises basées sur une simple intuition.

— Oui je comprends. C'est pour cela que tu m'as demandé, à ma grande surprise, de te tenir informé au jour le jour…

Puis, après avoir éclaté de rire :

— Sacré vieux renard ! Avant de m'en dire plus tu voulais te rendre compte si les premiers éléments de l'enquête corroboraient ton ressenti initial.

— Grosso modo, c'est effectivement ce que je comptais faire… Par honnêteté. Malgré tout je faisais confiance à ton analyse de la situation…

Voyant Loïc lever les mains, il avait insisté :

— Ne fais pas le modeste Loïc, j'ai une entière confiance dans tes qualités d'enquêteur, étayées par des raisonnements qui ne doivent rien au hasard mais à ta seule capacité analytique des faits. Effectivement j'ai craint un moment que tes liens avec les suspects ne perturbent ton jugement.

— D'où tes petits indices semés çà et là, indices que tu espérais bien voir germer dans mon cerveau.

— Oui c'est ça… Je me doutais que cela finirait par marcher car je te connais bien. À partir du moment où ton éthique professionnelle prendrait le dessus sur tes considérations amicales, je savais que tu découvrirais tout…

Loïc avait ensuite rapporté à Mathieu la phrase surprise durant une des écoutes : « Il faut au plus vite terminer ce que nous avons commencé ».

— Oui, c'est intrigant et en même temps très inquiétant.

Réfléchissant quelques secondes, Mathieu avait ajouté :

— Les précautions que vous avez prises sont évidemment ce qu'il fallait faire… Mais en ce qui concerne…

Avant qu'il ne finisse sa phrase, Loïc s'était levé d'un bond.

— Mais oui Mathieu tu as raison ! Je suis un imbécile, non mais quel con !

Dans l'atmosphère feutrée du restaurant, l'attitude de Loïc n'était pas passée inaperçue. Fébrilement il avait demandé l'addition et réglé aussitôt avec sa carte en laissant un large pourboire. Puis il s'était précipité à l'extérieur suivi par Mathieu qui ne comprenait que trop bien l'inquiétude de son ami.

Toujours aussi nerveux, Loïc avait appelé Romain Barteau pour qu'il leur envoie Arnaud de toute urgence avec un véhicule du commissariat. Puis il avait ajouté :

— Débrouille-toi comme tu veux Romain, trouve ou réquisitionne s'il le faut un serrurier et dis-lui qu'il se rende tout de suite à l'adresse que je vais te donner.

À peine quelques minutes plus tard les deux hommes s'étaient engouffrés dans une voiture au gyrophare en action. Sur les chapeaux de roues, Arnaud Lovet les avait conduits en un temps record devant l'hôtel particulier de la famille Darrose. Juliette étant repartie le matin même pour Thiriac, la présence d'un serrurier était impérative. Ce dernier était déjà là, l'air un peu boudeur, l'appel du commissariat avait dû le réveiller de sa sieste.

En moins de deux minutes l'homme avait ouvert sans coup férir la porte d'entrée. Sans plus s'inquiéter de lui, Mathieu et Loïc avaient escaladé quatre à quatre les degrés de pierre.

Sans hésiter Loïc s'était dirigé vers le salon. Nicolas était à moitié étendu sur un canapé, il avait l'air de respirer avec difficulté. Mathieu après lui avoir pris le pouls s'était tourné vers son ami :

— Il est vivant, appelle tout de suite les secours.

En attendant l'arrivée de l'ambulance, tandis que Mathieu tentait de secouer Nicolas pour l'empêcher de sombrer. Loïc avait balayé la pièce du regard. Sur la table basse à côté du canapé où gisait le mari de Juliette, il y avait une tasse et un flacon d'anxiolytiques. À ce moment-là l'œil de Loïc avait été attiré par une feuille qui avait glissé sous le fauteuil voisin. Après l'avoir ramassée il avait lu sans surprise le seul mot qui y était inscrit : « PARDON ».

À peine dix minutes plus tard les secours étaient arrivés. Les urgentistes avaient placé un masque à oxygène sur le visage de Nicolas, puis les brancardiers l'avaient soulevé et étendu sur une civière quelques minutes avant que le véhicule de secours ne reparte toute sirène hurlante.

Encore secoué par ce qui venait de se passer, les jambes tremblantes, Loïc s'était laissé tomber sur le canapé.

— S'il ne s'en sort pas, ce sera de ma faute…

— Non, tu ne peux pas dire cela, ce n'est pas de ta faute, tu le sais très bien.

Après avoir repris leurs esprits les deux hommes avaient quitté l'immeuble en demandant au serrurier de refermer soigneusement la porte. Loïc s'était ensuite installé derrière le volant. Après avoir remercié Arnaud pour sa rapidité, il l'avait déposé devant le commissariat avant de poursuivre son chemin à toute allure vers l'hôpital Pellegrin.

Nicolas avait été admis dans le service des maladies digestives. Les médecins étaient en train de lui faire un lavage d'estomac. Après un laps de temps qui avait paru une éternité aux deux hommes, un interne était venu les retrouver dans la salle d'attente.

— Il va s'en sortir mais nous allons le maintenir en coma artificiel car les heures qui vont suivre vont être difficiles pour son organisme, cela lui évitera de souffrir. Bien entendu, vous ne pourrez pas le voir avant demain. Nous l'avons dirigé dans le service de réanimation.

— Avant de quitter l'hôpital, Loïc avait appelé Juliette.

— Je suis désolé Juliette, Nicolas a tenté de se suicider.

Entre deux sanglots de la jeune femme, Loïc avait tenté de la rassurer.

— Ne t'inquiète pas, il va s'en sortir, l'interne me l'a assuré. On ne pourra pas le voir avant demain après-midi…

Après avoir écouté ce que lui répondait Juliette, Loïc, la voix lasse avait murmuré :

— Fais comme tu veux Juliette. Si cela doit te rassurer de revenir à Bordeaux, fais-le…

À la fin de la communication, il avait appelé Franck Litré pour l'informer des derniers évènements. Aussitôt celui-ci lui avait répondu qu'il serait là dans un peu moins d'une heure.

Enfin, il s'était tourné vers Mathieu.

— Je suis désolé, toi qui viens dans la région pour te reposer…

— Ne t'inquiète pas Loïc, je suis ton ami, non ? Et sans attendre la réponse il avait conclu :

— Eh bien les amis sont faits pour cela, je ne te lâche pas, je reste avec toi.

Tandis que Mathieu lui parlait, Loïc venait de comprendre comment le dernier acte allait se passer. Il fallait qu'il rappelle Franck de toute urgence pour que tous les deux prennent les mesures qui s'imposaient. Tant qu'elles ne seraient pas effectives, il n'était pas question qu'il se repose, avait-il répondu à Mathieu qui insistait pour qu'il aille s'étendre chez lui, rue Judaïque.

Une heure plus tard, rassuré, il avait enfin accepté de s'accorder quelques heures de répit.

*

À bientôt vingt-trois heures, l'hôpital Pellegrin baignait dans une quiétude trompeuse. La grande salle d'attente du rez-de-chaussée était vide et la cafétéria, protégée par une grille, était dans l'obscurité. Dans les étages de vagues silhouettes en blouse bleue glissaient dans les couloirs silencieux avant de disparaître derrière une porte.

Au sous-sol une ombre venait de s'introduire dans le vestiaire des femmes. Quelques instants plus tard une infirmière, la tête coiffée d'une charlotte en papier s'était dirigée vers les ascenseurs. Arrivée à l'étage des maladies digestives, la femme avait recouvert le bas de son visage d'un masque en papier.

Après avoir regardé depuis le palier si la voie était libre, la silhouette féminine s'était dirigée d'un pas assuré vers le fond du couloir avant de se faufiler dans une chambre. Une lumière verte au-dessus de la porte indiquait qu'elle était destinée aux patients en réanimation.

Une fois à l'intérieur de la pièce l'inconnue avait tendu l'oreille, elle savait qu'elle n'avait que quelques minutes pour agir si elle ne voulait pas être surprise. Dans l'obscurité bleutée, elle s'était approchée du lit. De part et d'autre de celui-ci des écrans transmettaient sous forme de lignes hachurées les données vitales du patient. Balayant d'un revers de la main le masque à oxygène, la fausse infirmière avait saisi un coussin avant de le plaquer sur le visage de l'homme qui gisait dans le lit.

À ce moment-là, la lumière du plafonnier avait jailli tandis que deux gendarmes cachés derrière un paravent avaient ceinturé la jeune femme. Le cœur serré, Loïc était entré dans la pièce suivi de Franck.

Échevelée, Juliette venait d'être menottée. Tremblante de rage, elle faisait face aux policiers. Dès qu'elle avait aperçu Loïc son visage s'était convulsé tandis qu'elle crachait la voix haletante :

— Sale petit fouineur !!! Lorsque tu nous as fait la surprise d'arriver au dîner, suivi de ton « profiler », j'ai tout de suite compris que tu allais nous créer des problèmes !!!

Loïc avait pris le parti de se taire, mais en la dévisageant il s'interrogeait.

— Comment un aussi beau visage peut-il cacher une âme aussi noire... C'est ce que Mathieu a voulu me faire comprendre en me parlant du Caravage [8], ce peintre à la réputation sulfureuse qui avait l'habitude de choisir ses modèles dans les bas-fonds de Naples parmi les prostituées et les voyous. La vie dissolue de ces derniers transparaissait dans leurs regards, leurs sourires. C'est d'ailleurs ce qui m'a toujours ému, ce fragile équilibre entre le bien et le mal... En associant Juliette au Caravage, Mathieu savait très bien que cet indice finirait par faire mouche dans mon esprit... Très astucieux il faut bien l'avouer...

— Ne te fatigue pas Juliette. Les hommes du commandant Litré sont en train d'arrêter ton complice qui t'attendait tous feux

8. Le Caravage (1571-1610).

éteints devant l'entrée principale de l'hôpital. Demain, après que nous vous ayons interrogés séparément, nous vous confronterons pour déterminer les responsabilités de chacun… En ce qui te concerne nous pouvons déjà t'inculper de tentative d'homicide.

Le regard plein d'éclairs, Juliette lui avait aussitôt répondu :

— Si c'est tout ce que vous avez contre moi…

— Non, je pense que tu es responsable de beaucoup d'autres méfaits. L'enquête nous le dira, et peut-être ton complice.

— Cela m'étonnerait, avait commencé à dire Juliette avant de s'interrompre de peur d'en dire trop.

Le gendarme qui avait pris la place de Nicolas s'était relevé. Après s'être débarrassé de sa chasuble en papier, il avait rejoint ses collègues, imperturbable comme si rien d'extraordinaire ne s'était passé.

Après avoir demandé à Franck s'il était d'accord, Loïc avait demandé que Juliette soit conduite au dépôt.

En sortant de l'hôpital, le petit groupe escortant Juliette dûment menottée avait croisé quatre policiers en train de maîtriser un homme qu'ils venaient d'extirper de son véhicule. Écumant, Xavier Rudet leur opposait une résistance décuplée par la rage. En apercevant Loïc, Franck et Mathieu, son regard était devenu d'une fixité minérale tandis qu'il vociférait.

— Vous me le paierez, je me vengerai, vous n'êtes rien d'autre que des minables !!!

Mathieu Guérin s'était tourné vers Loïc.

— C'est ce regard que j'ai surpris pendant le dîner… Tu me comprends maintenant !!!

— Oui… C'est d'ailleurs ce qui a failli provoquer ta mort !!!

— ?

— Se croyant démasqué par toi, il a envoyé un message à un complice pour qu'il provoque un accident de voiture pendant ton trajet vers La Brède. Dans sa rage de te voir ce soir, il vient de l'avouer aux policiers qui viennent de l'arrêter.

CHAPITRE XX

Qui n'a pas d'envieux n'a pas de belles qualités
Proverbe Oriental

Dès huit heures du matin, les officiers de police Maudy et Litré avaient retrouvé Mathieu Guérin dans la salle d'interrogatoire. Ils avaient l'intention d'éclaircir quelques points encore obscurs avant d'interroger les deux présumés meurtriers.

— Dis-moi Loïc, avait commencé Franck, tu m'as parlé l'autre jour de deux minuscules erreurs commises par les suspects, peux-tu nous en dire plus ?

— En fait sur le moment je n'avais pas vraiment prêté attention à ce que m'avait dit Juliette lorsque nous avions parlé de l'accident de Paul Darrose… Rappelez-vous, c'est seulement après l'autopsie que nous avons su que ce dernier était tombé en arrière et non en faisant face au vide. Pourtant Juliette m'avait dit : « Pauvre Paul, la dernière image qu'il aura emporté avec lui sera celle du cèdre qu'il aimait tant » version confirmée quelques jours plus tard par Xavier. Seul quelqu'un de présent sur les lieux pouvait savoir comment la chute de Paul s'était produite. Cela m'est revenu d'un seul coup lorsque j'ai commencé à le suspecter. La deuxième erreur a été commise par Xavier lorsqu'il m'a dit « Cécile, Juliette et Mathilde m'ont confié toutes les trois qu'elles avaient peur de Nicolas ». Or la veille Juliette m'avait assuré n'avoir confié ses angoisses à personne Quand je pensais que Xavier était innocent, cette confidence pouvait passer pour une fanfaronnade mais quand j'ai su qu'il était coupable cela devenait une faute.

Franck avait pris à nouveau la parole :

— Merci Loïc, voilà un point d'éclairci. Pour la première petite erreur commise par Juliette puis par Xavier, nous avons confirmation de tes soupçons par nos collègues de Toulouse. Julien Brillouet était tellement effrayé d'être en garde à vue qu'il leur a avoué que son ex-patron lui avait demandé d'espionner heure par heure les habitudes journalières de Paul Darrose. Quand il a appris que ce dernier était décédé dans des conditions suspectes, il a pris peur et il s'est enfui.

Avant que Mathieu et Loïc ne lui posent la question, Franck Litré avait ajouté :

— Il sera dans les locaux de la gendarmerie dès cet après-midi. Sans que nos collègues de Toulouse aient eu besoin de lui demander quoi que ce soit, il s'est mis à table… Il leur a expliqué que le garage servait de plaque tournante dans de multiples trafics dont ceux de contrebande. Le chef local est Xavier Rudet secondé par deux de ses employés, Robert Potier et Yann Figuier. Justin Brillouet quant à lui sert de relais entre le gang de Xavier et un groupe de complices travaillant sur les docks. Information confirmée involontairement par la mère du jeune homme lorsqu'elle avait raconté à Arnaud que d'anciens collègues de son fils passaient régulièrement lui rendre visite. Les informations sur le trafic portuaire et les directives en provenance de la concession automobile circulaient ainsi en toute discrétion.

— Effectivement, qui aurait pu se douter de quelque chose, avait soupiré Loïc avant de laisser Franck Litré poursuivre :

— Grâce aux écoutes du portable de Xavier Rudet, nous avons pu remonter jusqu'aux commanditaires à Paris et à Amsterdam. Se sentant dans une situation délicate du fait de l'enquête sur le meurtre de Paul Darrose, il avait jugé plus prudent de réorganiser l'acheminement de la drogue sans faire intervenir les véhicules de la concession. Dans l'affolement il n'a pas pensé une seconde que son téléphone puisse être sur écoutes.

Prenant la parole à son tour, Mathieu Guérin avait proposé aux deux officiers :

— Si vous êtes d'accord, je peux déjà vous donner les grandes lignes de mon analyse psychologique des deux mis en examen.

Loïc et Franck avaient aussitôt accepté.

— Tu es le spécialiste Mathieu, tu es notre psychiatre consultant préféré. Nous t'écoutons avec attention.

— Vous me flattez, avait plaisanté Mathieu avant de reprendre, le regard grave.

— Pour moi, Xavier est le plus dangereux des deux. Élevé en même temps que sa sœur dans une famille modeste, il est rongé depuis l'enfance par un goût immodéré pour l'argent et le pouvoir. Je pense sincèrement que cet homme est un sociopathe dépourvu de toute humanité. Comme souvent dans ce type de pathologie, il est tout à fait capable de donner le change à son entourage, celui d'un homme débonnaire toujours prêt à plaisanter. Doué d'une intelligence remarquable, il fait tout son possible pour ne pas le montrer. Tu ne le sais peut-être pas Loïc, mais il a terminé major de votre promotion… Manipulateur dans l'âme, il a su profiter des faiblesses de Juliette.

— Oui certainement, mais elle aussi est coupable de complicité dans les meurtres de Cécile et Paul Darrose et de tentative d'homicide sur Nicolas, avait soupiré Franck Litré.

— C'est certain, avait repris Mathieu, mais en ce qui concerne Cécile, je suis certain que cela s'est passé de manière plus subtile… Je pense que sans avoir l'air d'y toucher, Xavier devait dire à Juliette « Si ton oncle n'avait pas eu d'enfant, tu serais une riche héritière ». Juliette devait protester en lui répondant qu'elle aimait sa cousine, mais la graine empoisonnée était semée dans l'esprit de la jeune femme. À mon avis, lorsqu'il a tué Cécile, il l'a mise devant le fait accompli en lui assurant que c'était pour elle qu'il l'avait fait.

— Quelle horreur ! Avait soupiré Loïc Maudy, et surtout quelle ingratitude envers son oncle !… Je comprends mieux maintenant ce qu'elle voulait dire lorsqu'elle se comparait à Cendrillon… Elle aussi était dévorée par son désir inavoué de richesse et de pouvoir… Xavier a été le catalyseur.

— Il le savait très bien avait ajouté Mathieu Guérin. Il l'avait séduite bien avant qu'elle n'entame une relation avec Julien. Sur les conseils de Xavier elle avait tenté de se faire aimer par Nicolas, mais il lui avait préféré Cécile. Cet échec n'avait fait qu'aviver son ressentiment envers sa cousine. Par contre, elle aimait profondément l'homme qu'elle avait découvert en Xavier et qu'elle était la seule à connaître, un homme intelligent, ambitieux, prêt à tout pour obtenir ce qu'il voulait.

Puis, après avoir réfléchi quelques secondes :

— Vous n'avez pas été frappés par le contraste physique entre l'homme menotté et celui que nous connaissions, anodin, apparemment sans envergure ?

— Oui c'est vrai, avaient répondu en même temps Loïc Maudy et Franck Litré, il était à la fois magnifique et effrayant quand il se débattait avec une énergie décuplée par la rage.

Loïc avait ajouté :

— C'est d'ailleurs cette passion de plus de vingt ans qui les a perdus. Paul Darrose les a vus sortir bras dessus bras dessous d'un hôtel. Aux dires de Maria Villageau, il a engagé un détective qui, quelque temps plus tard lui a confirmé leur liaison et l'ancienneté de celle-ci.

Pour conclure Mathieu Guérin avait ajouté :

— Pour Xavier, la mort de Cécile n'était que le premier maillon d'une odieuse machination. La réalisation du deuxième acte incombait à Juliette qui devait à tout prix se rendre indispensable aux yeux de Nicolas afin que celui-ci finisse par l'épouser. Ce qui s'est produit deux ans plus tard. Lorsque Paul Darrose a voulu reconnaître Julien, ils ont décidé de l'éliminer car il n'était pas question pour eux de partager le gâteau.

— Comment cela ? Avait commencé Franck Litré.

— Le plan final consistait à éliminer Nicolas Darrose. Une fois veuve Juliette devenait la propriétaire des deux plus grosses propriétés de l'Entre-deux Mers. Après un délai raisonnable et le divorce de Xavier, ils se seraient mariés.

— C'est littéralement effrayant ! Avait soupiré Loïc Maudy. Maintenant il va nous falloir les interroger pour corroborer ton analyse, Mathieu. Analyse qui à mon avis ne peut qu'être exacte à quelques détails près.

*

Deux jours après la mise en examen de Juliette Darrose et Xavier Rudet suivie de leur incarcération, Loïc Maudy et Franck Litré avaient pris rendez-vous avec Maria et Nicolas Darrose en leur demandant que Julien, Mathilde et Patricia Rudet soient également présents. À la demande des deux officiers Mathieu Guérin avait accepté de se joindre à eux. En effet, qui mieux que lui saurait mettre des mots sur l'inexprimable, qui mieux que lui saurait faire entendre sans trop blesser des vérités difficiles à admettre. Sans se concerter Loïc et Franck avaient décidé que c'était de leur devoir d'informer et d'aider les protagonistes de l'affaire à regarder la vérité en face.

— Ce sera dur Loïc mais crois-moi, c'est un service que nous devons leur rendre.

Le ciel semblait s'être mis à l'unisson de la tristesse qui avait envahi la demeure de Paul Darrose. De gros nuages noirs obscurcissaient le paysage tandis que des éclairs zébraient l'horizon. À leur entrée dans le salon celui-ci était dans la pénombre, personne n'avait eu l'idée ou l'envie d'allumer le lustre ou les lampes.

Nicolas était assis à côté de Maria qui lui caressait la main. En face, sur l'autre canapé, Julien se tenait assis entre Patricia et Mathilde. Aucun d'entre eux ne parlait. On entendait seulement le bruissement du mouchoir que Patricia froissait dans sa main et le tapotement des doigts de Mathilde sur l'accoudoir du canapé.

Les trois hommes avaient salué les personnes présentes avant de s'asseoir. Rompant le silence qui régnait dans le salon, Nicolas avait relevé la tête avant de demander d'une voix blanche :

— Pourquoi Juliette voulait-elle me tuer ? Car c'est bien ce qu'elle voulait faire ?

Spontanément Mathieu Guérin avait compris que c'était à lui de répondre :

— Monsieur Darrose… ce que j'ai à vous dire est difficile à entendre, mais c'est nécessaire. Votre épouse ne vous aimait pas, elle ne vous a jamais aimé… Pas plus qu'elle ne vous a aimé monsieur Villageau… Elle ne vous détestait pas, vous lui étiez simplement indifférent car elle aimait ailleurs depuis très longtemps.

Dans un geste d'abandon, Nicolas avait posé sa tête contre le dossier du canapé.

— Même si cela me blesse, je peux encore l'accepter, mais pourquoi vouloir me tuer ?

À ce moment-là Franck Litré avait pris la parole :

— J'ai bien peur de vous blesser plus encore monsieur Darrose Ils ont voulu vous éliminer pour la raison la plus sordide qui soit : l'argent, tout simplement pour l'argent… Je sais, c'est très dur à entendre mais malheureusement c'est la vérité.

C'était maintenant à Loïc de prendre la parole, il devait bien cela à ses amis de jeunesse :

— Croyez bien que moi aussi je suis atterré… J'aimais beaucoup ton père Nicolas, j'aurais tant voulu que le mien lui ressemble… Ce sera une maigre consolation pour toi mais je suis certain que Xavier a été le mauvais génie de Juliette. À tort ou à raison, elle se sentait la parente pauvre, l'orpheline que l'on avait recueilli par charité… Cendrillon, comme elle nous le disait parfois. Pour son malheur elle aussi était avide de pouvoir, de richesse, de puissance… Xavier a été à la fois son mauvais génie et le catalyseur de ses frustrations.

Julien, muet jusque-là avait pris la parole à son tour :

— Mais de là à vouloir la mort de Cécile, sa cousine, son amie…

— C'est plus compliqué que cela, avait répondu Franck Litré. Des interrogatoires que nous leur avons fait subir, il semblerait qu'au départ il ne s'agissait que d'un jeu, du moins dans l'esprit de Juliette…

— Un jeu ? S'était écrié Maria, les larmes aux yeux, un jeu qui concernait la mort de Cécile, c'est, c'est ignoble !

— Je me suis mal exprimé, s'était excusé Franck Litré, Mathieu Guérin va vous expliquer mieux que moi ce que je voulais dire.

— Je sais que tout cela est pénible pour vous tous. Il s'agissait madame Villageau d'un de ces jeux auxquels on joue lorsque l'on est jeune, vous savez : « Si un jour je gagne au loto » ou bien : « si je découvre un trésor… ». Ce sont là des distractions anodines même si parfois elles servent d'exutoire à une vie sans intérêt. Bref, dans le cas qui nous occupe, Xavier disait à Juliette sous le couvert de la plaisanterie : « Tu te rends compte Juliette, si Cécile n'était pas là, à la mort de ton oncle tu hériterais de la propriété Romelet ». Je suis certain que Juliette devait repousser cette idée avec horreur. Malheureusement le venin distillé par son amant n'avait plus qu'à faire son chemin dans l'esprit de la jeune femme…

Timidement Mathilde avait murmuré :

— Oui, mais pourtant Cécile a bien été tuée. Elle n'a rien fait pour empêcher le drame…

Mathieu Guérin, conscient du désarroi de la jeune femme, avait repris la parole :

— Mademoiselle Rudet, je suis certain que depuis très longtemps déjà vous soupçonniez votre frère d'avoir des problèmes psychiatriques, je me trompe ? Puis sans attendre la réponse, il avait ajouté :

— Xavier Rudet a décidé seul de supprimer Cécile en sabotant le système de freinage à l'occasion de l'entretien du véhicule. En créant une légère fuite il lui suffisait ensuite d'attendre. Ce qui est effrayant c'est que l'accident aurait pu évidemment faire d'autres victimes. Dans le cerveau malade de votre frère cela n'aurait été que des dommages collatéraux. Quelque temps après il a avoué à Juliette ce qu'il avait fait : « C'est moi qui l'ai tuée, je l'ai fait pour toi, c'est bien ce que tu voulais ? » À ce moment-là le piège se refermait sur Juliette. Il a d'ailleurs reconnu tout ce que je viens de vous dire.

Maria Villageau à son tour avait interrogé les trois hommes :

— Mais pourquoi tuer Paul ? Pourquoi maintenant et d'une manière aussi cruelle ?

Franck Litré, l'air grave, avait regardé avec sympathie son interlocutrice :

— Toujours pour la même raison madame, pour l'argent. Jusqu'à ces derniers temps Juliette et Xavier ne se sentaient pas en situation d'urgence, ils filaient le parfait amour et menaient une vie confortable auprès de leurs conjoints respectifs. Tuer Paul Darrose n'était donc pas une priorité, il leur suffisait d'attendre une opportunité. Malheureusement, deux mois plus tôt ils avaient compris que Paul se doutait de quelque chose, ou du moins avait de vagues soupçons les concernant ou non, ça, ils l'ignoraient. Puis brutalement votre mari a décidé de reconnaître officiellement Julien. Pour les deux amants il n'y avait pas d'alternative, il leur fallait éliminer Paul dans les plus brefs délais, sinon il n'y aurait pas un, mais deux héritiers de la propriété Darrose. Le jour de l'accident Xavier était présent juste à côté du cèdre, il voulait être sûr que son plan allait fonctionner. Peut-être a-t-il fait du bruit, ou bien Paul Darrose a-t-il senti l'odeur de la cigarette que Xavier était en train de fumer, toujours est-il que son regard s'est porté dans cette direction... Cela explique qu'il soit tombé en arrière. Et ça seul quelqu'un de présent sur les lieux pouvait le savoir.

Maria avait hoché la tête en signe d'approbation :

— Je peux bien l'avouer maintenant, mais Paul n'aimait pas beaucoup Juliette. Il lui était reconnaissant d'avoir soutenu Nicolas, de lui avoir redonné le sourire et de le rendre heureux, mais il se méfiait d'elle. Comme je le lui reprochais, il m'avait répondu : « Je crois en mon instinct Maria ».

Silencieux depuis un moment Loïc avait repris la parole :

— Même s'il n'y avait rien de concret pour étayer vos soupçons, vous sentiez tous que quelque chose n'allait pas.

Se tournant vers Julien, Loïc avait poursuivi :

— Intuitivement tu avais flairé le danger sans pouvoir en déterminer la nature, cela t'inquiétait. Je l'ai compris l'autre jour en discutant avec toi.

— C'est vrai, j'aurais probablement dû t'en parler… J'ai failli le faire avant de me raviser au dernier moment. En fait je n'avais rien de concret à te dire… Comment t'expliquer… J'avais beau chercher à me convaincre que tout était comme avant, je sentais au fond de moi que ça n'était pas vrai. Quand Paul me parlait de Nicolas je voyais que lui aussi était inquiet. Partant du postulat de l'innocence de mon frère j'ai commencé à soupçonner Juliette.

Julien s'était arrêté de parler. La voix plus basse, il avait repris avec hésitation :

— J'ai alors tenté, bien maladroitement je l'avoue, de participer à l'enquête en espérant que cela éclairerait ma lanterne… Tu es un bon enquêteur Loïc, j'ai très vite compris que tu n'étais pas dupe. Pardonne-moi, je ne voulais pas te tromper mais seulement tenter d'éviter le pire…

— Rassure-toi Julien, j'aurais probablement fait la même chose à ta place.

Se tournant vers Nicolas, Loïc l'avait interrogé à son tour.

— Toi aussi Nicolas, tu sentais que la situation n'était pas normale. Je me trompe ?

— Non, tu as raison. J'avais peur pour Julien sans comprendre pourquoi. J'ai commencé à suspecter Juliette d'être responsable de mon état d'esprit tout en repoussant avec horreur cette hypothèse… Elle était ma femme et je l'aimais…

Timidement Mathilde avait demandé :

— Mais pourquoi nous envoyer des lettres anonymes ?

— Je pense que cela les amusait beaucoup. De cette manière ils pouvaient se défouler sur vous de leurs rancœurs, de leur jalousie dans l'anonymat le plus complet. Mais surtout cela leur permettait de créer un climat malsain dans votre petit groupe.

Avec un sourire plein de gentillesse Mathieu Guérin s'était adressé à Patricia Rudet.

— Je suis sincèrement désolé pour vous madame. J'admire beaucoup votre discrétion et votre dignité. Pendant le dîner au cours duquel nous nous sommes rencontrés sans le vouloir je vous ai observée…

Puis après un petit silence :

— Vous avez compris que votre mari avait une double vie. Mais vous l'aimiez et vous aviez peur de décevoir votre père pour qui vous avez beaucoup d'affection… Je me trompe ?

— Non, vous avez raison… Surtout j'espérais que mon mari finirait par revenir vers moi, j'étais naïve voyez-vous…

— Vous êtes jeune madame, avait repris Mathieu, vous n'êtes mariée que depuis quelques années. La vie va continuer. L'homme que vous rencontrerez aura beaucoup de chance… Je suis sincère car vous êtes quelqu'un de bien.

— Merci monsieur, ce que vous me dites me touche beaucoup.

Nicolas et Julien avaient regardé Patricia comme s'ils la voyaient pour la première fois. Avec humilité tous les deux avaient soupiré :

— Pardonne-nous Patricia, nous n'avons pas été les amis que tu méritais… Tu as dû nous trouver bien indifférents.

— Non, ne vous inquiétez pas. Vous savez, cela vient également de moi, je suis timide et j'avais peur que vous me trouviez envahissante. Mais soyez-en sûr, je vous aimais bien… À commencer par toi Mathilde.

Se tournant vers cette dernière, Franck Litré lui avait proposé avec gentillesse :

— Ne pensez-vous pas mademoiselle Rudet que le moment est venu de dévoiler à votre tour votre secret familial ? Ou préférez-vous que je le fasse à votre place ?

— Non vous avez raison, d'autant que ce secret n'a d'importance que pour moi, et peut-être aussi pour Julien.

Après un léger silence, elle avait murmuré :

— Lorsque mon père est devenu veuf, j'avais à peine sept ans. Il était instituteur. Quelques années plus tard il a rencontré une aide maternelle qui travaillait dans le même établissement que lui. Elle avait un fils de mon âge. Ils se sont mariés. Par gentillesse mon père a reconnu Xavier pour faciliter les relations familiales. Il avait vu juste car très rapidement nous nous sommes sentis comme frère et sœur. À l'adolescence Xavier a commencé à changer, notre vie familiale était heureuse mais modeste. Cela ne lui suffisait plus. C'est à cette période que nous avons commencé à nous éloigner l'un de l'autre.

Le silence avait fait suite aux questions inévitablement douloureuses et aux réponses implacables. Les trois hommes s'étaient levés pour prendre congé. Loïc, le cœur serré, avait embrassé ses amis. Sans conviction ces derniers lui avaient demandé :

— Tu reviendras nous voir Loïc ?

— Bien sûr, avait-il répondu en sachant qu'il n'en ferait rien et que ses amis le savaient.

Par délicatesse, Loïc avait omis de dire à Maria que le secret de son mariage avec Paul Darrose lui avait probablement sauvé la vie.

Tandis que les trois hommes se dirigeaient vers leur véhicule, le commandant Litré s'était tourné vers Loïc, la voix triste il avait soupiré :

— Ensemble par le passé nous avons déjà mené à leur terme deux enquêtes douloureuses, mais je pense que celle-ci est la plus sordide et la plus blessante. Pour oublier les ombres avec lesquelles tes amis vont devoir apprendre à vivre, je vous propose un repas familial chez moi à Libourne, Valérie nous attend.

Avant de monter dans la voiture où Mathieu l'attendait déjà, Loïc s'était retourné pour admirer une dernière fois le magnifique paysage. Il le savait, c'était un adieu. D'ici quelques années, quand il penserait à ses amis, il retrouverait leurs visages rieurs d'il y a vingt ans, à l'époque où, comme l'avait dit Julien, tout était encore possible.

*

Un an plus tard, Loïc avait invité son épouse dans une brasserie réputée du Marais. Sa mère qui était venue passer quelques jours avec eux leur avait proposé de garder les enfants pendant leur soirée en amoureux.

Claire était assise sur la banquette tandis que Loïc, installé en face d'elle pouvait voir la salle dans l'immense miroir qui occupait tout le mur. Tout en parlant avec son épouse le regard de Loïc avait été attiré par un couple qui venait de s'asseoir près des portes-fenêtres.

Nicolas, puisque c'était lui, avait tendu sa main pour la poser sur celle de sa compagne, avant de plonger son regard dans ses yeux. Ce qu'il devait y lire, à l'évidence le rendait heureux car il souriait… Dans le mouvement que la jeune femme venait de faire pour ramasser son écharpe, Loïc avait eu le temps de reconnaître Patricia.

Ému, Loïc après avoir détourné les yeux du couple amoureux, avait souri à son épouse avant de lui prendre la main :

— Je suis heureux Claire… grâce à toi… Cela me rend généreux car je voudrais que tout le monde connaisse le même bonheur…

— Moi aussi je suis heureuse, lui avait-elle murmuré.

LA GESTE

www.gesteditions.com

Par ce logo, nous témoignons d'une volonté de réduire les impacts environnementaux liés aux activités de l'imprimerie. Nous choisissons un imprimeur impliqué dans la réduction des gaz à effet de serre. Le choix de nos papiers assure que la production a été faite à partir d'un produit à base de bois et a suivi le cahier des charges d'une gestion durable des forêts européennes.
Achevé d'imprimer par CPI Firmin Didot (173549) en France en mars 2023 pour le titre « Meurtres dans le bordelais ».

Mise en page : Alice Rousseau

Dépôt légal : premier semestre 2023

11, rue Norman-Borlaug
79260 La Crèche
05 49 05 37 22
contact@gesteditions.com